POTENTIAL
포텐

POTENTIAL 포텐 6

김민수 장편소설

초판 1쇄 찍은 날 | 2017년 4월 18일
초판 1쇄 펴낸 날 | 2017년 4월 25일

지은이 | 김민수
펴낸이 | 예경원

기획 | 위시북스
편집책임 | 박우진
편집 | 이즈플러스

펴낸곳 | 예원북스
등록번호 | 제396-2012-000132호
등록일자 | 2012. 7. 25
KFN | 제1-092호

주소 | 경기도 고양시 일산동구 호수로 646-24 위너스21 II 빌딩 206A호 (우)10401
전화 | 031-819-9431 팩스 | 031-817-9432
E-mail | yewonbooks@naver.com

ISBN 979-11-6098-185-8 04810
979-11-5845-360-2 (set)

※ 이 도서의 국립중앙도서관 출판시도서목록(CIP)은 서지정보유통지원시스템 홈페이지(http://seoji.nl.go.kr)와 국가자료공동목록시스템(http://www.nl.go.kr/kolisnet)에서 이용하실 수 있습니다.

POTENTIAL

포텐

6

김민수 장편소설

WISHBOOKS MODERN FANTASY STORY

Wish Books

CONTENTS

POTENTIAL
포텐

30.
청춘의 동물농장 (2)

'9월 17일. 10시 01분. 테이크 1-1'라 적힌 슬레이트가 착! 하고 닫혔다.

메인 카메라에 녹화를 표시하는 붉은 등이 들어오자 걸세븐 틈에 서 있던 민호는 작가진이 스케치북에 적어 들어 올린 진행 대본에 시선이 머물렀다.

"이도진 씨가 해외 촬영 관계로 자리를 비워 오늘 하루 대신 인사를 드리게 된 강민호라고 합니다."

정확히 두 달 보름 전 율치리에서 찍은 첫 예능. 그리고 다시 이 자리에 서게 됐다. 그때와 다른 점이 있다면 예능 경험이 꽤 충만해졌다는 것이고, 달랑 동전과 회중시계뿐이었던 때와는 다르게 믿음직한 유품을 몇 가지 더 추가해 왔다는 점이었다.

"여기 있습니다, 민호 씨."

카메라 옆에 서 있던 나 PD가 노란색의 완장 하나를 민호에게 건네주었다. '일일 촌장'이라는 글귀가 박혀 있는 완장을 어깨에 두르자 걸세븐이 손뼉을 치며 환호했다.

민호의 뻣뻣한 태도와는 대비되는 누가 봐도 격한 리액션들. 그것은 그대로 카메라에 담겼다.

'으음.'

민호는 나 PD의 음흉스런 눈빛을 확인하고 물었다.

"오늘 여기서 뭐 하는 건가요?"

"뭐 하긴요. 뒤에 동물원 보이시죠?"

나 PD는 동물원의 입구를 가리켰다.

"민호 씨는 지금부터 걸세븐을 인솔해 동물원 관람을 즐겁게 하고 오시면 됩니다."

민호는 잘못 들었나 싶어 물었다.

"관람이요?"

"네."

나 PD의 손짓에 호랑이 모양의 귀여운 버스가 등장했다. 동물원 내부의 드넓은 사파리 구획을 누비며 야생동물을 체험하는 진짜 투어 버스였기에 민호의 놀람은 더했다.

버스에 올라타면서도 반신반의하던 민호는 곧 투어가 시

작되자 창밖에서 손을 흔드는 나 PD를 의심스럽게 바라볼 수밖에 없었다.

사파리 투어는 30분 동안 이어졌다.

사자와 호랑이, 위엄 넘쳐 보이는 백호 무리를 지나 기린에게 먹이를 주는 체험까지. 사육사가 던져 주는 음식을 받아먹으면 '좋아'라고 콧소리 비슷한 음을 내는 코끼리를 마주쳤을 때는, 민호는 의심이고 뭐고 입을 쩍 벌리며 애처럼 감탄했다.

"오늘 청춘일지 콘셉트는 힐링이구나!"

민호가 해맑게 웃으며 즐거워하는 모습은 VJ의 카메라에 고스란히 찍혔다. 가이드가 버스 안으로 아기 사자 한 마리를 안고 나타나자 이번에는 걸세븐들이 난리가 났다.

"귀여워!"

"율치리에서 이거 키우고 싶어."

저마다 아기 사자를 안고 셀카를 찍기 바빴다. 민호도 물론 차례를 기다렸다가 아기 사자를 카메라에 담았다.

뒤이어 냄새 고약하기로 유명한 호랑이 배설물이 유리통 안에 담겨 들어왔다.

"시골 화장실 냄새네."

"이 정도는 향긋해."

대부분의 투어 관람객들이 질색하는 것을 농촌의 향에 익숙해진 걸세븐은 여유 있게 구경했다.

사람처럼 두 발로 서 있는 곰 무리 구경까지 끝마친 버스가 다시 동물원 입구에 섰다.

"아, 재밌었어."

민호는 괜한 걱정을 했다는 생각에 피식 웃으며 버스에서 내려섰다. 그리고 팔짱을 끼고 대기 중인 나 PD와 마주쳤다.

"구경은 잘하셨나요?"

대뜸 물어오는 말에 민호는 심상치 않은 분위기를 느꼈다. 마치 앞에 '처음이자 마지막이 될 구경'이란 말은 생략한 듯한 느낌이었다.

걸세븐과 민호가 다시 카메라 앞에 일렬로 선 가운데 나 PD가 지도가 담겨 있는 종이 뭉치를 민호에게 내밀었다.

"이게 뭐죠?"

"지금 구경하신 동물원 내부의 지도입니다. 약 210종, 2천 5백여 마리의 동물이 사는 곳이죠."

"……그래서요?"

나 PD는 웃으며 말했다.

"걸세븐 여러분은 이곳에서 앞으로 율치리 하우스에서 기를 반려동물을 얻으셔야 합니다. 한 사람당 하나씩."

이 말에 구하연이 물었다.

“아까 본 아기 사자도 되나요?”

“됩니다.”

“대박! 진짜요?”

“동물원 책임자님과 얘기 끝났어요.”

듣고 있던 민호가 고개를 흔들며 물었다.

“다 크면 250킬로그램에 육박하는 위험한 맹수를 일반인이 어떻게 키워요?”

“된다고 했지 키우는 게 쉽다고는 말씀 안 드렸습니다.”

시치미를 뚝 떼는 나 PD의 행동에 민호는 의문점을 일일이 체크하기 시작했다.

“이 지도를 보고 움직여 저 안에 있는 동물 아무거나 7마리를 얻으라 이 말이죠?”

“네. 민호 씨가 잘 도와서 말이죠.”

“그냥은 아니겠네요.”

“그렇죠. 각 동물별로 그것을 담당하시는 사육사님들이 정해놓은 기준을 통과해야 합니다. 키워도 적당할 것이라는 믿음을 심어 줘야죠. 그렇게 해서 얻은 친구는 율치리에서 실제로 키우게 됩니다.”

민호는 ‘그러면 그렇지’ 하는 표정이 됐다.

“그 기준이란 게 통과하기가 쉽지 않겠네요.”

“그거야 모르죠. 지도 보시면 아시잖아요. 210종이나 되니까요."

나 PD는 스릴 넘치는 놀이기구가 움직이고 있는 공원 쪽을 가리켜 보였다.

"각자 1마리씩. 모두 성공하면 그 즉시 촬영을 접고 내일까지 놀이공원 무제한 자유 이용권을 드립니다."

7마리. 당장 오늘 안에만 성공하면 내일 촬영 걱정 없이 즐길 수 있다는 제안에 걸세븐의 눈이 커졌다.

"좋은 조건이 있으니 단 1마리도 획득하지 못했을 경우의 수도 생각해 두어야겠죠?"

나 PD는 회심의 미소를 지은 채 민호에게 말했다.

"1마리도 얻지 못했다면 아무래도 걸세븐을 제대로 통솔하지 못한 강민호 씨의 탓이 크겠죠."

작가진 중의 하나가 문서 한 장을 들고 민호에게 다가섰다. 민호는 '장기출연합의서'라는 문구를 보자마자 어안이 벙벙해졌다.

'위 사람은 향후 청춘일지의 모든 행사 일정을 준수하여 걸세븐이 도움을 요청하면 언제든 달려와…….'

민호는 고개를 좌우로 크게 휘저었다. 이건 함정이다. 말도 안 되는 함정. 7마리를 전부 얻어낼 수 없으리란 것쯤은 알았다. 그러나 1마리도 못 얻어낼 경우의 수까지 계산했다니.

“어쩌시겠어요? 이 좋은 조건을 받아들이시겠습니까? 아니면 이틀 내내 힘들어할 걸세븐을 두고 홀로 아주 홀가분하게 떠나시겠습니까?”

나 PD의 부드러운 미소는 어느새 사악함이 가득 담긴 미소로 변모했다.

“걱정하지 마세요. 여러분을 위해 이 동물원의 전문 사육사분들이 계속 조언을 주실 겁니다. 아, 저기 오시네요.”

당연히 이런 조건은 받아들일 수 없다고 거절해야 했다. 그러나 민호는 버스가 떠나고 줄지어 나타난 사육사들을 보고 눈이 번뜩였다.

머리가 희끗희끗한, 중후해 보이는 중년 남성. 그냥 봐도 전문가로 보이는 사육사의 목에 걸려 있는 물건에서 애장품의 빛이 어려 있던 것이다.

‘도그휘슬인가?’

저것은 사람은 듣지 못하는 낮은 주파수의 소리를 내는 휘슬이다. 민호는 고개를 돌려 자신을 압박 중인 나 PD를 바라보았다.

“하나만 물어볼게요.”

“물어 보세요.”

“사육사의 기준 통과라는 거. 상식적으로 불가능한 건 아니죠?”

"당연한 말씀."

민호는 '차지석'이라는 이름표를 달고 있는 중년 남성을 다시 한 번 살피고는 대답했다.

"까짓것. 합니다."

나 PD가 손가락을 탁 튕겼다.

"오케이! 다 찍었지? 민호 씨가 수락했어! 김 작가. 지장 받아!"

민호는 나 PD가 나눠준 지도를 살펴보았다. 반지를 착용하고 살펴봤기에 탈출로와 진입로가 빠르게 분석되어 머릿속에 각인됐다. 덕분에 동물원 내부의 지리를 외우는 것도 순식간이었다.

"어디부터 갈까?"

지도 속에 강조된 동물마크의 숫자는 수십 개.

코끼리, 표범, 얼룩말 같은 아프리카 대형동물은 물론이고, 거미와 새, 고슴도치 같은 작은 동물까지. 국내 최대 규모라는 소문답게 버스를 타고 구경한 섹션 말고도 가볼 곳이 많았다.

'오케이. 숙지 완료.'

전국의 삼촌팬 지분의 반을 차지하고 있는 여 아이돌 틈에서 바람기라도 나오면 큰일이기에 반지는 바로 뺐다.

"오빠, 작가 언니가 뭘 적었어요?"

오소라는 제작진의 전달사항이 적혀 있는 스케치북을 가리켰다. 확인해 보니 '가까운 애니멀 월드부터 가세요'라고 친절히 알려주고 있었다.

"애니멀 월드면 작은 동물들만 있는 곳이네요."

지도를 찾아본 오소라의 말에 이미 알고 있던 민호는 고개를 끄덕였다.

민호는 쉬워 보여서 찾아갔다가 역으로 뒤통수를 맞는, 흔하지만 기본 재미를 보장하는 리얼 버라이어티의 한 장면을 떠올랐다.

'초반에는 익숙한 그림이 나와 줘야 한다고 판단한 거겠지.'

그러나 호락호락 하게 넘어가진 않으리라 다짐했다.

"다들 모여봐!"

민호의 외침에 걸세븐이 우르르 다가왔다. 일일 촌장이 나 PD와의 승부를 자신 있게 수락한 만큼 모두 기대하는 눈빛이 됐다.

"일단 작은 애들 많은 애니멀 월드부터 갈까?"

"좋아요!"

"사막여우 있는 거기요? 앗싸!"

깜찍한 동물이 한가득인 장소였기에 걸세븐 모두 좋아

했다.

"그럼, 출발하자."

"네에!"

기운차게 걷기 시작한 걸세븐. 민호는 앞서 가는 오소라의 어깨를 콕 찍었다. 오소라가 '왜요?' 하고 돌아보았다.

"미션 말이야. 아무래도 어렵겠지?"

"아마도요. 봄에 모내기할 때, 모판만 수천 장 나르고 고작 100판 얻었어요. 애들 다 퍼지고 난리가 났죠."

육체적으로 압박이 강한 일거리를 통해 청춘이 흘리는 땀. 그것이 이 예능의 모토였기에 최소 7번의 힘든 미션을 통과해야 놀이공원 자유 이용권을 얻어낼 수 있다.

'그래도 전문 사육사의 시선으로 본 가이드라인이 있는 것과 없는 건 천지 차이니까.'

민호는 제작진 쪽을 흘끔 바라보았다. 여유만만의 나 PD 근처에는 오늘 동물원 촬영 내내 같이 따라다니며 조언을 해줄 사육사들이 함께 있었다.

30년 가까이 동물원에서 일해 온 간부급 사육사들.

민호의 시선은 그중에서도 가장 경험이 많아 보이는 차지석 사육사를 향했다. 아까의 소개 시간에 들은 바로는 저분의 나이가 생각보다 많았다. 이제 사십 대 후반으로 보임에도 몇 년 전에 환갑이 지났다고 해 다 같이 놀랐었다.

'동물과 자연하고만 어울려 살아온 분이라 그런가?'

아무튼, 오늘 촬영의 성패는 저분의 애장품을 어떻게 얻어서 사용하는지에 달렸다.

"소라 언니~"

한참을 지도만 보고 있었던 구하연이 오소라에게 다가오며 물었다.

"언니는 어떤 동물이 좋아요? 여기 사막여우랑 땅 다람쥐 무지 귀엽지 않아요?"

"너무 들뜰 필요 없어. 좋으나 마나 율치리에서 키울 수 있는 동물 아니면 미션 통과하기 어려울 거야."

"키울 수 있는 거요?"

"염소, 토끼, 닭, 오리, 소, 돼지, 개."

"으익, 평범해. 그건 이장님 댁에도 있는 거잖아요."

"그러니까. 우린 그런 것도 쉽게 못 얻을걸?"

율치리 하우스의 작은 동물원을 꿈꾸는 구하연과 현실적으로 기를 수 있는 것만 기르자는 오소라. 민호는 극명한 둘의 분위기에 피식 웃었다.

오소라가 고개를 돌렸다.

"오빠는 어떻게 생각해요?"

"나도 기를 수 있는 것만 기르는 게 맞다고 봐. 그래도 율치리 뒷마당에 소랑 코뿔소를 같이 기르면 그림 좀 나오지 않겠어?"

오소라는 눈을 크게 떴다.

"코, 코뿔소? 그걸 어떻게 키워요."

"나 PD님이 알아서 하시겠지."

민호는 차지석에게 시선을 돌렸다.

"그런 의미에서. 소라야, 하연아. 너희에게 특수임무가 있다."

동물원 입구를 지나던 오소라와 구하연이 등을 돌려 차지석에게 다가섰다.

"사육사님! 궁금한 게 있어요."

"저도요, 저도요!"

재잘재잘, 저마다 관심 있는 동물들에 대한 질문을 던져대자 차지석은 정신없다는 표정이 됐다. 갑자기 오디오에 음성이 마구 맞물려 음향감독까지 정신이 없어 하자 나 PD가 냄새를 맡고 슬쩍 접근해 왔다.

"사막여우? 개과긴 하지만 고양이 키우는 것과 비슷한 면이 있습니다. 소음에 민감하고 경계심이 투철해서 친해지는데 시간이 좀 걸리거든요."

포에버랜드 사육사들의 대스승이자 경력만 30년이 넘은 차지석은 딸뻘의 두 사람에게 친절하게 답해주었다. 그사이

‘일일 촌장’ 완장을 차고 있는 민호도 다가섰다.

“오늘 잘 부탁드립니다, 사육사님.”

차지석은 멈칫하다 나 PD의 눈치를 한번 보고 인사를 받았다.

“그래요, 오늘 하루 저희 동물원 식구들 잘 부탁해요.”

차지석의 뻣뻣하고 부자연스러운 대답을 들은 민호는 나 PD에게 시선을 돌렸다. 나 PD는 자연스레 대화에 끼어들어 정보를 캐내려 드는 수법은 이미 대비해 두었다는 듯한 미소를 흘렸다.

“용의주도하시네요.”

“저희 제작진, 지난번 민호 씨 방문 이후 반성 무척 했거든요.”

민호의 눈길이 차지석의 애장품을 향했다. 세월의 자잘한 파임이 겉면에 그대로 드러나 있는 손가락 크기의 놋쇠 막대. 어서 만져달라고 탐스러운 빛을 내뿜고 있는 그것에 민호는 강한 끌림을 느꼈다.

“차지석 사육사님.”

“네?”

부르자마자 나 PD의 눈치를 살피는 차지석. 민호는 술수 따위는 전혀 상관없다는 듯 물었다.

“그 도그휘슬 말인데요. 무슨 사연이라도 있는 건가 봐요?

되게 오래된 물건 같아요."

차지석은 목에 걸고 있는 도그휘슬에 시선이 머물렀다.

"아, 이거요? 아들 녀석이 어릴 때 쓰던 건데. 머리 커졌다고 버리고 간 거죠."

"실례가 안 된다면 정말 들리는지 아닌지 한번만 불어 봐도 될까요? 도그휘슬 말로만 들었지 실제로 보는 건 처음이라서요."

제작진이 준비한 미션이 뭔지, 어떻게 해야 쉽게 통과할 수 있는지를 물어볼 것 같았던 상대가 전혀 상관없는 것에 관심을 보이자 차지석도 당황했다.

"어떻게 안 될까요?"

"그 정도야 뭐……."

차지석은 민호의 지금 눈길이 고양이와 비슷하다는 생각이 들었다. 물건을 처음 보면 호기심을 잔뜩 안고서 앞발로 툭툭 건드려 보는.

"감사합니다!"

민호는 뛸 듯이 기뻐하며 도그휘슬을 건네받았다.

손에 쥐자마자 빛이 흡수되듯 사라졌다. 뒤이어 애장품과 닿은 손바닥으로부터 따뜻한 기운이 피어올랐다.

-아롱아! 그만 핥아대. 침 묻어 욘석아.

삽시간에 머릿속을 스쳐 지나가는 차지석의 추억은 수십

년 전 길렀던 반려견과 관련된 일화였다.

–우리 아롱이 치료는 불가능한 건가요? 이 녀석 이렇게 아팠으면서도 왜 그렇게 기운차게 다녔던 건가요?

착하고 순해서 그렇니다. 몸이 아픈 것쯤은 아무것도 아닐 만큼 주인과 함께하는 시간이 좋았던 게지요.

민호의 머릿속으로 순박해 보이는 견공, 아롱이의 얼굴이 자꾸만 아른거렸다. 애장품의 주인이 지닌 감정은 시간이 오래도록 흘렀음에도 아직 생생했다.

–아빠, 아롱이는요?

–미안하다. 아롱이가 너무 고통스러워해서 그만…….

아롱이가 영원히 잠는 모습을 마주하자 가슴 한구석에 찡한 느낌이 들어 차마 계속 떠올릴 수가 없었다. 민호는 그러다 언뜻 차지석의 아들 얼굴을 확인하고는 '어?' 하고 고개를 갸웃했다. 어디서 본 사람 같다는 생각이 들었기 때문이다.

"헤엑? 이곳에서만 30년이요?"

구하연은 그 와중에 사육사님께 계속 말을 붙여 정신없게 만들라는 민호의 주문을 충실이 이행 중이었다. 워낙 붙임성이 좋기에 어느새 팔짱까지 낀 채 걷고 있었다.

"오래됐지? 우리 아들 꼬마 때 시작했는데 이제는 할아버지가 됐으니."

차지석이 지갑에서 사진 한 장을 꺼냈다.

"이게 30년 전에 찍은 거야. 요게 아들이고, 요게 아롱이."

"꼬마도 개도 둘 다 무지 귀엽게 생겼어요."

"아롱이는 그런데, 도준이 놈은 이제 징그러워. 세른세 살이거든."

구하연이 킥킥 웃었다. 그녀가 보이는 절정의 친화력에 휘둘린 차지석이 어느새 말까지 편하게 하게 되자, 뒤따라오던 나 PD는 살짝 긴장했다. 그러나 중추 역할인 민호가 아무 말 없었기에 기다렸다.

"도준이는 수의사야. 얼마 전까지 여기서 있다가 병원 차려 나갔거든. 고양이랑 개 전문."

"수의사면 되게 똑똑하시겠어요."

"애 엄마가 똑똑했어. 그러니 나와 이혼했지."

연륜이 느껴지는 차지석의 씁쓸한 농담에 싱겁게 웃던 민호. 그러다 어젯밤에 마주친 수의사가 생각났다. 청진기 애장품을 소유했던…….

'이름이 차도준이었나? 그러고 보니 성이 같아.'

애장품의 추억 속에서 아롱이를 보며 울먹거리던 앳된 외모의 아이와 흰 가운을 걸치고 있던 수의사의 얼굴이 겹쳐졌다.

'오호라.'

사연이 없는 애장품은 없다. 필시 청진기에는 어릴 때 반려견을 병으로 떠나보낸 아픔을 딛고, 실력을 쌓아 수의사가 됐다는 이야기가 숨어 있으리라.

장소 이동은 15분 정도 소요됐다.

"구경 잘했습니다."

민호는 차지석에게 도그휘슬을 내밀었다.

"그래, 소리는 들을 만했나?"

"전혀요. 아무리 세게 불어도 안 들리던데요."

"후후. 맞네. 들으면 인간이 아니지."

도그휘슬을 손에 쥐고 어딘지 슬픈 눈길이 된 차지석에게 민호는 조심스레 물었다.

"아까 잠깐 들은 아롱이라는 개. 이 소리 들으면 뛰어 오고 그랬나 보죠?"

차지석은 회한에 잠긴 얼굴이 되어 말했다.

"개는 말이네, 사랑하고 미워하는 것이 무척 순수해. 맹목적이고 헌신적이랄까. 사람처럼 복잡한 감정을 갖고 싸움 같은 걸 하지 않아. 우리 아롱이도 그랬어. 병이 걸린 줄도 모르고 마냥 즐거워서 이리 뛰고 저리 뛰고."

민호도 추억의 장면을 지켜봤기에 섣부른 위로의 말을 건넬 수가 없었다.

"아이고, 내가 무슨 말을 하는 건지 모르겠네."

"아니에요."

"저 PD님이 기다리는 것 같군. 가보게나."

차지석에게 고개를 꾸벅 숙이고 등을 돌린 민호는 나 PD와 눈이 마주쳤다. 그깟 쇠 피리가 뭐라고 애지중지 구경하느냐는 나 PD의 궁금증 어린 시선에 민호는 남모를 웃음을 지었다.

오소라와 구하연을 데리고 차지석에게 접근한 목적은 하나였다. 자연스레 대화를 나누며 최대한 도그휘슬을 오래 손에 들고 있는 것. 15분이나 들고 있었기에 앞으로 8분 정도는 차지석의 지식을 고스란히 이용할 수 있었다.

'깔끔해, 깔끔해.'

이건 애장품에서 손을 떼도 어느 정도는 그 능력을 유지할 수 있게 됐기에 택할 수 있는 방식이었다.

애니멀 월드는 유리벽 너머로 야생동물들을 관찰할 수 있는 테마 공간이었다.

민호와 함께 들어서던 걸세븐은 입구 바로 앞에 자리한 '두 발가락 나무늘보'와 '작은 발톱 수달'을 보더니 함박웃음을 지으며 유리벽에 찰싹 달라붙었다.

"귀여워어어어! 재 꺼벙한 눈 좀 봐!"

"민호 오빠, 우리 수달 키워요!"

동그란 두 눈이 어딘지 졸려 보이는 나무늘보. 기름기 좔

쫠 흐르는 매끈한 얼굴에 초롱초롱한 눈이 인상적인 수달. 민호 역시 야생의 귀여움에 감탄하며 안을 살피다 '미션'이라는 깃발 옆에 서 있는 사육사를 발견했다.

"그만들 구경하고 가자."

민호는 유리벽에서 떠날 줄을 모르는 걸세븐을 추슬러 첫 미션 장소 앞에 섰다.

"우리 여기서 뭐 하면 되는 건가요?"

깃발 앞에 있던 사육사가 말했다.

"제가 여러분에게 드릴 미션은 이곳에 사는 동물친구의 우리를 체계적으로 관리하는 일입니다. 평가는 제가 하고, 통과했을 때 실제 동물친구와 교환할 수 있는 인형을 하나 드립니다."

탁자 위에는 입구에서 마주친 두 귀요미 외에도 라쿤, 호저, 비버 같은 보기만 해도 미소가 지어지는 동물 인형들이 진열되어 있었다.

"진짜 있어! 소라 언니, 우리 사막여우 키워요!"

"나는 라쿤이 괜찮아 보여. 너구리처럼 생긴 게 예쁘지 않아?"

구하연과 오소라를 비롯해 걸세븐의 나머지도 하나같이 호감이 가는 동물 모형을 보고 전의를 불태웠다. 그러나 민호는 고개를 흔들었다.

"얘들은 전부 그냥은 못 키우는 애들이야."

"못 키워요? 왜요, 오빠?"

구하연의 물음에 민호는 그 즉시 차지석의 지식이 머릿속에 떠올라 대답해 주었다.

"전부 야생성을 갖고 있어서 사육사의 전문적인 손길이 필요해. 수달이라도 키우게 되면, 율치리 뒷마당에는 대형 어항을 갖춰놓고 서식지 구성을 해줘야 하거든. 그렇지 않으면 스트레스로 죽거나 우리를 뛰쳐나가려 들 테니까."

"그래요? 아까 본 우리랑 비슷하게 꾸며주면 되지 않을까요?"

"전혀. 곧 있으면 겨울철인데 너희는 이곳처럼 온도 조절을 유동적으로 해줄 수가 없어. 야생동물에게 보금자리란 것은 그냥 비슷한 정도로는 안 돼. 완벽하게 똑같아야 해. 그냥 보금자리와 완벽한 보금자리의 차이는 반딧불과 번개의 차이와 같아."

"그럼 어쩔 수 없네요."

구하연은 아쉽다는 얼굴이었지만 민호의 말을 이해하고 고개를 끄덕였다.

그에 반해 가까이서 듣고 있던 사육사는 놀란 표정이 됐다. 반딧불과 번개의 차이. 평소 자주 듣던 스승 차지석의 동물 관리 지론과 흡사한 말이었다.

그런 사육사와 눈이 마주치자 민호는 싱긋 미소를 지었다.

"민호 씨. 이걸 참고하세요."

나 PD가 실제 사육사들이 사용하는 체크리스트를 가져왔다.

"참고로 이 항목 모두 패스해야 합니다."

민호는 그러면 그렇지 하는 얼굴이 됐다.

"현장에서 일하는 사육사의 엄격한 기준을 통과해야 미션 성공이란 거죠? 아주 상식적이네요."

"뒷마당에 나무늘보 키우는 게 어디 거저먹을 수 있는 일이겠어요? 하다가 궁금한 건 언제든 같이 하시는 전문 사육사님 세 분께 물어보시면 됩니다."

체크리스트를 훑어본 민호는 곰곰이 생각해 보았다.

동물들의 끼니를 챙기고, 대소변을 치우고, 우리 안을 소독하고 정리하는 일부터 아픈 곳은 없는지, 이상 징후는 없는지 꼼꼼하게 점검하는 작업.

까다롭긴 하지만 하라면 못할 건 없었다. 사육사 혼자 해야 할 일을 이쪽은 무려 여덟이 달라붙으니까. 거기다 차지석의 지식을 빌어 동물별 맞춤 대응을 하면 그만.

"저희가 관리해야 할 우리는 어디 있죠?"

"따라오세요."

민호와 걸세븐은 '관계자 외 출입 금지'라는 문구가 붙어 있는 문을 지나, 애니멀 월드의 뒤편으로 진입했다. 안내해 온 사육사가 한 문을 가리켰다.

이미 준비되어 있던 고정 카메라들이 검은 철문 앞에 일렬로 선 여덟의 청춘들을 비췄다.

'분위기가 이상하게 조용한데?'

민호는 도착하자마자 작가 몇몇이 슬금슬금 물러나는 것을 발견했다.

'무슨 동물이 있는 거지?'

고민하던 민호는 철문 안쪽에서 살포시 풍겨오는 독특한 페로몬 향기에 멈칫했다. 특유의 냄새를 가진 동물. 생각이 날 듯 말 듯했다. 차지석이 주로 관리하는 동물은 아닌 듯 보였다.

민호는 문 열 준비 중인 젊은 사육사에게 물었다.

"사육사님, 애니멀 월드에서 어떤 종을 담당하고 계시죠?"

"저요?"

철컹.

철문이 열리고 사육사가 대답했다.

"파충류요."

3~4미터에 육박하는 노랑아나콘다가 혀를 날름거리는 모습이 모두의 눈에 들어왔다.

"배, 배, 뱀!"

어떤 심쿵을 안겨줄 동물일지 잔뜩 기대하고 있던 걸세븐은 까무러치며 물러섰고, 이 충격의 도가니를 잔뜩 기대하며 촬영 중이던 나 PD는 회심의 표정이 됐다.

매끈한 비늘을 지닌 대형 뱀.

민호는 마른침을 넘겼다. 털이 스르르 곤두섰다. 차지석의 경험을 아직 공유하고 있음에도 본능적으로 소름이 일었다. 단순하게 일만 고될 것으로 여겼으나 시작부터 아주 뒤통수를 제대로 맞았다.

나 PD가 웃으며 다가왔다.

"어때요? 여긴 도전조차 무리겠죠?"

민호는 심리적 거부감을 억누르며 호흡을 가다듬었다. 그리고 나 PD에게 대답했다.

"역시 첫 미션지라 그런지 간단하네요."

이 대답에 나 PD가 '잘 못들었습니다?'하는 눈이 됐다. 민호의 말이 이어졌다.

"먹이야 냉동되어 있는 거 주면 되고. 워낙 청결하게 관리된 곳이라 청소는 유리창 정도만 하면 끝. 뱀은 건강 상태가 무척 양호해 보이니까 스트레스 받지 않게 일광욕만 시켜주면 되겠고. 거저네, 거저. 혼자 해도 되겠어요."

충격에서 벗어나 전문 사육사의 눈으로 살핀 일거리는 생각보다 많지 않았다.

"지, 진짜 하시려고요?"

민호는 고개를 끄덕이고 패닉상태에 빠진 걸세븐 중에서 그나마 온전해 보이는 오소라에게 말했다.

"소라, 너는 애들 데리고 '동물가족 동산' 쪽에 가서 토끼나 염소 노리고 있어. 여긴 내가 하나 얻어 갈 테니까."

"오빠 혼자서요?"

"응."

어서 가라는 손짓을 해 보이는 민호. 걸세븐이 황급히 자리를 피했다.

나 PD가 정말 하려는 듯한 민호를 보며 안색이 변해 다가왔다.

"민호 씨. 여긴 하지 말라고 계획한 장소예요."

민호는 멀리서 이 광경을 재밌다는 듯 지켜보고 있는 차지석을 바라보며 물었다.

"사육사님, 정말 안 될까요?"

"안 될 게 있나. 또또는 온순해서 사람 안 가리거든."

노랑아나콘다의 이름을 듣자 차지석의 지식 하나가 떠올랐다. 사육에는 정석이 없다. 동물의 마음을 이해하고 진실되게 대한다면 그들의 언어가 들릴 것이다.

아직 차지석의 애장품을 쥐고 있던 여운이 남아 있는 사이, 민호는 점자시계를 터치했다.

포크처럼 생긴 혀에 의지해 주변 환경을 탐지하고 먹이를 찾는 노랑아나콘다의 '츄릅츄릅' 거리는 소리가 귓가에 세밀하게 느껴졌다.

'어디 색다른 친구 한번 사귀어 볼까?'

입구 옆에 배치된 고무장화와 장갑을 착용한 민호가 또또의 방에 들어섰을 무렵에는 차지석의 지식이 사라진 상태였다. 하지만 관리해 줘야 할 것은 모두 기억해 두었다.

"또또야, 안녕."

이미 한번 덜컥 내려앉은 심장 때문인지 똬리를 틀고 있는 노랑아나콘다를 앞에 두고서도 아까처럼 떨리거나 하진 않았다. 위험하지 않다는 것을 확실히 인지하고 나자 선명한 노란빛의 줄무늬가 멋스럽게 느껴지기까지 했다.

혀를 한번 내밀고 방 안에 자리한 나무 조형물을 타고 올라가기 시작한 또또.

"뭐 하세요? 들어와 보세요."

민호는 나 PD와 스텝들에게 손짓했다. 그러나 질겁하던 걸세븐과 마찬가지로 고개만 좌우로 흔들 뿐 아무도 들어오려 하지 않았다. 민호를 담당하는 VJ만이 팔을 덜덜 떨며 한 발을 안으로 디뎠다.

"안 무서워해도 되요. 이 보아뱀 종은 사람이나 코끼리 같은 거 못 먹어요. 아나콘다치고는 귀요미 수준이죠."

VJ의 손 떨림이 심해지며 수동으로 핸드헬드 기법을 선보이기 시작하자 민호가 웃었다. 행여 사람이나 동물에게 발생할 사고를 방지하기 위해 먼저 들어와 있던 담당 사육사도 같이 웃었다.

민호는 양동이와 집게를 들고 또또가 남겨놓은 동글동글한 배설물을 치우며 담당 사육사에게 물었다.

"먹이는 언제쯤 주셨죠?"

"일주일 정도 됐어요."

"그럼 섭취할 때 됐겠네요. 흰쥐를 주로 먹죠?"

머리 위에 거대 뱀이 스르륵 움직이고 있는데 두 사람이 여유 있는 대화를 나누자 나 PD는 발만 동동 굴렀다.

민호가 덤불처럼 꾸며진 인조 풀 바닥을 깔끔하게 청소한 뒤, 관람객과 마주할 유리창을 뽀득뽀득 닦고, 천장의 셔터를 올려 방 안에 빛이 들어오게 하기까지 30분 정도가 흘렀다.

"방의 습도는 적당하고. 비늘의 윤기로 보나 토실토실 오른 살집으로 보나 건강해 보이네요."

먹이를 섭취하는 장면은 따로 14시쯤에 관람객들에게 이벤트성으로 공개하기에 민호가 챙기지 않아도 됐다.

"어디 보자."

체크리스트 상의 관리지침을 전부 확인한 민호가 담당 사육사에게 물었다.

"됐죠?"

"아, 훌륭해요. 상당히 능숙하신데 전에 이런 일을 해보셨나요?"

"그냥 눈치껏 한 건데요, 뭐. 하하."

민호는 실제로 사육사가 해줘야 할 일을 놓치지 않고 끝마친 뒤, 관람객과 마주할 수 있는 최적의 상태로 바꾸어 주었다. 일은 간단하지만, 생각보다 몸 쓸 일이 많아서 이마에 구슬땀이 맺혀 있는 민호에게 담당 사육사가 고마움을 표했다.

"잠깐!"

밖에서만 서성이던 나 PD가 웬일인지 차지석과 함께 안으로 들어섰다.

"저희 차지석 사육사님께서 아직 하지 않은 일이 있다고 하시네요."

나 PD의 말에 민호는 '그럴 리가?' 하는 눈길로 차지석을 바라보았다. 분명 이 안에 들어오기 전에 해야 할 일은 전부 확인했었다.

"또또가 있는 저 나무 조형도 한번 소독을 해줘야……."

차지석은 나 PD의 압박 때문인 것이 분명한 석연치 않은 표정이었다. 나 PD는 바로 말했다.

"들으셨죠? 저것도 확실히 소독해야 하신다네요. 또또를 민호 씨가 직접 들고 옮겨놓은 뒤에 나무를 소독하고 다시 옮겨놔야 완벽하게 일을 끝마쳤다고 할 수 있어요."

과연 민호가 거대한 데다 냄새까지 독특한 뱀을 홀로 만질 수 있겠느냐는 도발. 작가진과 내내 무언가를 의논하더니 그 새 이런 얄팍한 수법을 생각해 왔다.

민호는 그러나 잘 걸렸다는 생각에 말했다.

"나 PD님. 아까 성공했을 때 가져갈 수 있는 인형 중에 뱀은 없던데, 어떻게 된 거죠? 이거 아예 실패를 가정하고 넣지도 않은 건가요?"

"그럴 리가요. 김 작가. 아나콘다 인형 준비했지?"

"네~"

문밖에서 작가 하나가 천연덕스럽게 대답했다.

"어때요? 하시겠어요?"

"잠깐만요."

민호는 차지석 앞으로 걸어갔다.

"사육사님."

"크흠. 흠."

묵묵히 일을 잘해내는 것에 내심 감탄하고 있던 차지석은 민호를 마주하자 미안함에 헛기침만 흘렸다.

"그 도그휘슬 오늘 촬영 때만 좀 빌려 주실 수 있나요?"

"이거?"

"네. 왠지 이 분야에서 특출한 경험이 많으신 사육사님의 엄청난 기운을 받을 수 있을 것 같아서요."

차지석은 "나 같은 늙은이의 기운은 무슨" 하고 목을 긁적이면서도 도그휘슬을 민호에게 빌려주었다.

민호는 도그휘슬을 손에 쥐고 미소를 지었다.

'우후훗!'

이젠 애장품의 능력을 백 퍼센트 활용해 즐길 수 있게 됐다. 하루 대여라니 절로 콧노래가 나올 지경.

"또또야~"

30kg에 육박하는 또또를 능숙하게 어깨에 걸치고 옮긴 뒤, 누가 말해준 것도 아닌데 입구의 소독약을 기구에 담아 나무 조형물은 물론이고 내부의 장식물까지 완벽 방역. 더불어 또또가 더 지내기 편하라고 안락한 수풀 더미로 보금자리까지 즉석에서 마련해 주는 민호의 모습에 나 PD는 그 자리에 얼어붙었다.

그나마 작가진에게 "민호 씨가 징그러운 파충류에 면역이 있다는 사실은 확인했어야지" 하고 성토하며 한탄만 할 뿐.

"이 녀석, 집이 깨끗해져 좋나 보네."

민호는 비늘의 보들보들한 촉감이 뜻밖에 느낌이 괜찮아

그도 모르게 흐뭇한 표정을 지었다. 또또도 혀를 날름거리며 '츄츄' 하는 동작으로 민호에게 화답했다.

낯선 동물과의 교감.

사육사의 일이 아무리 고돼도 보람과 재미를 느끼는 순간이 있다면 바로 이것이라고, 차지석의 애장품이 말을 해왔다.

"옳지."

또또를 다시 나무 조형물 위로 올려놓고 한차례 쓰다듬어 준 민호가 나 PD 앞에 섰다.

"이제 됐죠?"

옆에 서 있던 차지석이 지적할 것 하나 없다고 소리 없는 박수를 보내는 사이, 나 PD가 물었다.

"노랑아나콘다 길러서 뭐하시게요?"

"율치리잖아요. 구렁이가 구들장에 살고 좀 그래 주면 시골 맛도 나고 좋지 않겠어요?"

이제는 안에서의 촬영이 어느 정도 익숙해진 민호의 담당 VJ가 빵 터진 웃음을 끅끅거리며 억눌렀다. 찌릿한 나 PD의 시선이 카메라에 같이 잡혔기 때문이다.

애니멀 월드의 미션을 성공적으로 끝마치고 나선 민호는 곧장 오소라에게 전화를 걸었다. 걸세븐은 두 패로 갈라져,

오소라 쪽은 양을 얻기 위해 목장 테마 파크에서 고군분투 중인 모양이었다.

—여기 규모가 커서 율치리 축사에서 일하는 것보다 배는 힘들어요. 아니, 울타리 보수는 왜 오늘 꼭 해야 하는 건데. 다 같이 해도 몇 시간은 걸리겠네. 으휴. 이러다 7마리는커녕 하나도 못 얻는 거 아닌지 모르겠어요.

"내가 하나 더 얻어 갈 테니까 좀만 더 고생하고 있어."

—네, 오빠…… 응? 하나 더요?

"응. 보아뱀 종은 하나 얻었어."

—대, 대박!

전화를 끊은 민호의 다음 행선지가 궁금해진 나 PD가 따라붙었다.

"민호 씨, 어딜 가시려고요?"

민호는 곰곰이 생각하더니 대답했다.

"사육사님들이 가장 신경 쓰시는 구역이요."

"거기가 어딘데요?

사자, 호랑이, 치타, 타조, 코끼리, 얼룩말……. 초식동물과 육식동물이 다 같이 뛰노는 그곳, 사파리.

31.
청춘의 동물농장 (3)

사파리 구역에 사는 야생동물들은 일과 시간에는 밖에서, 동물원이 폐장하면 안에서 지내는 방식으로 지내고 있었다.

아침 시간에 문을 열어 사파리 구역으로 내보낸 사이, 동물들이 밤새 지낸 보금자리를 청소하고 관리하는 것이 사육사의 주된 업무 중 하나였다.

민호는 기린의 체형에 맞춰 위로 길쭉한 문이 나 있는 건물에서 수레를 끌고 나와 배설물을 트럭에 실었다. 내 집처럼 깔끔하게 청소를 해내는 민호를 보며 기린 담당 사육사는 어안이 벙벙한 표정이 됐다.

"사육사님. 이제 먹이 주러 가야죠?"

민호가 건초 꾸러미를 들고 나왔다.

기린이 높은 곳의 먹이를 먹는 습성을 고려해 최대한 야생에서처럼 먹을 수 있게 건초더미를 나무에 거는 세심한 배려를 하자, 담당 사육사는 놀랄 노 자가 되어 함께 온 차지석에게 '이 사람 뭡니까?' 하는 눈길을 보냈다.

"그냥 동물 좋아하는 친구라고만 들었어."

차지석은 껄껄 웃으며 어깨를 으쓱해 보였다.

1시간 반에 걸친 작업이 모두 끝나고 민호는 제작진에게 손을 내밀었다.

"이제 됐죠?"

보아뱀에 이어 기린. 율치리 하우스의 뒷마당에 기이한 생태계가 꾸려질 조짐이 보이자 민호 쪽을 따라붙은 제작 스텝들은 슬슬 멘탈의 붕괴를 일으켰다.

민호의 사파리 행보는 여기서 끝나지 않았다.

백사자의 우리에 들어가 방사 작업을 돕고, 그들이 돌아오기 전 먹이를 세팅해 놓은 것은 물론이고, 보호차량에 탑승에 사파리 구역을 누비며 시설 점검까지 함께 감행했다.

"여기는 왜 들어오신 거예요?"

엉겁결에 민호를 따라 차량에 탑승한 나 PD의 비명 같은 물음.

"곧 있으면 쌀쌀해지는데 추위에 약한 백사자들이 잘 지낼 수 있나 확인해 봐야 해요. 저기 바위 보이죠? 저쪽에 열선이 깔려 있어서 겨울에 딱 배를 붙이고 지내거든요."

술술 흘러나오는 민호의 설명에 운전 중이던 백사자 담당 사육사가 '오오' 하는 표정이 됐다. 이것으로 백사자 획득도 거의 성공했음을 느낀 나 PD는 반대로 암담한 표정이 됐다.

민호는 무리지어 있는 백사자 다섯 마리의 상태를 일일이 확인해 보며 말했다.

"야생동물들은 병에 걸리고 힘이 약해지고 체력이 떨어지는 걸 숨기려는 습성이 있어요. 천적으로부터 자기를 보호하려는 거죠. 항상 케어가 필요해요."

"그런 지식은 어디서 그렇게 주워 들으셨나요? 퀴즈쇼? 모르는 게 없네, 모르는 게."

나 PD의 푸념에 씩 웃던 민호는 차량 밖으로 보이는 백사자 한 마리를 가리켰다.

"사육사님. 저기 저 백사자. 기운이 없어 뵈네요."

홀로 엎드려 있는 백사자를 본 담당 사육사가 말했다.

"아, 백순이요? 쟤가 장이 좀 안 좋아서 종종 저럽니다."

"입사 시간 전에 먹이에 장운동 활성제 좀 섞어놔야겠어요. 백순이는 뭘 좋아해요?"

"닭고기를 잘 먹습니다."

차량이 다시 백사자의 보금자리로 돌아왔다. 나 PD는 차에서 내리자마자 말했다.

"민호 씨. 그만하고 가죠. 점심도 지났어요."

민호는 "그럴까요?" 하고 고개를 돌리다 얼룩말이 모여 있는 장소로 시선이 돌아갔다.

"율치리에 그냥 말보다는 줄무늬가 들어간 얼룩말이 서 있는 게 그림이 괜찮아 보이는데. 왜, 옷에도 지브라 패션 있잖아요."

"……."

오후 3시. 청춘일지 출연진들이 모두 모여 늦은 점심을 위해 잔디밭에 모였다. 그들이 도시락을 먹는 사이 나 PD는 분할 촬영을 위해 흩어졌던 작가와 조연출을 모두 불러 모아 앉혀 놓고 긴급회의에 들어갔다.

"오소라 팀과 진효림 팀. 성공한 게 뭐뭐야?"

"양하고 토끼인데, 토끼 쪽은 아직 마무리 작업이 남았어요. 민호 씨 쪽은요?"

나 PD는 참담한 얼굴로 말했다.

"노랑아나콘다, 기린, 백사자, 얼룩말."

다른 장소로 이동했었던 이들은 잘못 들었나 싶어 나 PD에게 시선이 돌아갔다.

"그게 가능한 일인가요?"

"가능하더라. 차지석 사육사님도 인정하셨어. 우리가 강민호 씨를 너무 만만하게 봤어. 야생 전문가였는데 그걸 놓친 거지."

나 PD는 깊은 한숨을 내쉬었다. 함께 갔던 김 작가까지 고개를 끄덕이자 진짜임을 확인한 조연출의 눈이 휘둥그레졌다.

"그래도 괜찮은 그림은 엄청 나왔겠네요. 지난번에 민호 씨 녹두전 굽던 장면이 순간 시청률 20%까지 나온 거 아시죠?"

"그나마 그게 위안이다."

"그런데 어쩌실 셈이에요? 말만 그랬지 아나콘다로 겁을 줘서 보통 동물로 유도할 생각이었잖아요."

"나도 모르겠다."

결론은 빼도 박도 못할 위기에 처했다는 것.

"영광이 형."

조연출은 나 PD를 보며 어쩔 수 없다는 듯 말했다.

"지금 카메라 꺼져 있으니 가서 사정이라도 해보시죠."

제작진 쪽에서 흘러나오는 대화를 증가한 청각을 통해 남몰래 듣고 있던 민호는 속으로 웃음을 흘렸다. 오전에는 그렇게 기고만장했던 나 PD의 절규는 안쓰러울 지경이었다.

애장품의 능력을 활용해 보는 것에만 집중하다 보니 조금

몰아붙이긴 했다. 상식적으로 시골집 뒷마당에서 기린과 백사자를 어떻게 기른단 말인가.

'뭐, 예능 베테랑들이니 해결법을 내겠지.'

"대박, 대박. 민호 오빠 혼자 4마리 획득에 성공했다고요?"

구하연의 물음에 민호는 고개를 끄덕였다.

5시간 동안 사육사의 일을 해서인지 어깨도 뻐근하고 밥숟가락을 든 손이 부들부들 떨릴 정도로 피로했으나 만족스러웠다. 야생의 동물을 이렇게 가까이서 지켜보고 만져볼 수 있는 경험은 쉽게 할 수 있는 일이 아니니까.

민호는 목에 걸고 있는 도그휘슬을 사랑스럽게 바라보며 야생동물과의 교감을 떠올려 보았다.

얼룩말의 갈기를 쓰다듬던 감촉. 백사자의 위엄 어린 콧김. 기린의 무심한 듯 똘똘한 눈망울. 그리고 또또의 놀라웠던 비늘의 감촉까지.

민호는 그도 모르게 미소가 지어졌다. 점자시계 덕분에 모두 생생히 느껴볼 수 있었다.

"우리 그러면, 이제 한 마리만 성공해도 내일은 자유인 거네?"

오소라의 희망적인 말에 걸세븐 모두 환호했다.

"도진 촌장님 오면 내일 완전 좋아하시겠다."

"민호 오빠 또 고정해야 한다고 나 PD님한테 난리 치시겠지."

"그러게. 으흐흐."

민호는 이도진의 말투가 생각나 같이 웃었다. 구하연이 민호에게 물었다.

"민호 오빠. 마지막 한 마리는 뭐로 할까요? 오빠가 하면 뭐든 얻을 수 있는 거잖아요."

"글쎄."

"사막여우요!"

아침부터 노래를 부르고 있는 구하연의 외침에 나머지도 '나무늘보', '비버', '라쿤' 같은 자기 취향의 동물을 연호했다.

민호는 고민하다 물었다.

"너희 여기서 가상 무시무시한 동물 못 봤지?"

"어떤 동물이요?"

"무지무지 흉포한 데다가 별명이 '심장폭격자'더라고."

'뭐지?' 하고 고민하는 걸세븐에게 민호는 휴대폰으로 검색한 사진 하나를 보여주었다.

"어머머!"

"꺄악~"

사진을 본 걸세븐 모두 손을 맞잡고 탄성을 내질렀다.

양팔을 '으쌰' 든 채로 입을 '앙' 벌리고 있는, 궁극의 귀여움으로 보는 이의 심장을 흉포하게 폭격하는 레서판다의 위엄 앞에 모두 무장해제 되어 버렸다.

"언어요!"

"도전, 도전!"

모두의 의견이 하나로 좁혀졌다. 민호는 레서판다가 온순하고 호기심 많은 동물이기에 걸세븐이 사육사의 일을 돕는 것도 어렵지 않으리라 판단했다.

"강민호 씨."

점심을 거의 다 먹었을 무렵, 제작진 쪽에 있던 나 PD가 잔디밭으로 걸어왔다.

"식사 다 하셨으면 잠깐 저 좀 봐요."

민호는 나 PD의 뒤를 따라 그늘진 나무 아래에 섰다.

나 PD는 심각한 듯한 무게를 잡고 있었으나 제작진의 대화를 3분 정도 훔쳐 들은 민호는 무슨 꿍꿍이를 숨겨 놓고 있을지 궁금할 뿐이었다.

"민호 씨, 저 마음에 안 들죠?"

"아뇨, 아뇨. PD님, 눈을 왜 그렇게 불쌍하게 뜨세요."

"한 번만 도와줘요."

나 PD가 들고 나온 것은 역시나 예능PD다운 해결법이었다. 오전에는 콧대가 하늘을 찔렀던 자신이 민호의 앞에서 무릎을 꿇는 시늉이라도 하는 것으로 시청자들이 크게 웃으리라 생각한 것이다.

"그거 다 기르려면 민호 씨 정말 고정 출연하셔야 해요."

"네에? 아주 가끔은 몰라도 그건 힘들어요."

"그러니까요. 민호 씨가 얻은 거, 우리 걸세븐이 키울 수 있을 만한 걸로 교체하는 건 어떨까요?"

이건 민호도 생각해 놓은 부분이었다. 어차피 현실적으로 불가능한 일이니까. 그렇다 해도 얻어 낼 것은 얻어 내야 한다.

"저녁 만찬은 일단 기본적으로 준비해 주세요. 걸세븐 멤버들이 원하는 음식으로."

"그, 그것뿐인가요?"

"무슨. 오늘 촬영은 만찬을 즐길 저녁 7시 전에 종료해 주셔야죠."

밥과 퇴근 시간. 청춘일지의 주된 협상 품목은 오늘만큼은 민호가 주도적으로 제시할 수 있었다.

"7시는 제작 여건상 무리예요. 8시 어때요?"

"콜."

나 PD는 패배감이 짙은 표정으로 작가진들 쪽에 '민호 씨가 OK 했다'라는 사인을 보냈다.

"이 문제는 끝났고. 민호 씨는 이제부터 다른 미션을 해주셔야 합니다."

"다른 미션이요?"

"일일 촌장이지만 그래도 촌장이니, 율치리에서 실제로 길러야 할 동물들에 대한 것들을 배우는 과정이 있어야 하니까요. 차지석 사육사님을 따라다니며 함께 일해 보는 시간을 가지시는 거죠."

민호는 순간, 지난번 촬영 때 이도진을 일부러 걸세븐과 떨어트려 놓아 프로그램의 재미를 주었던 일을 떠올렸다. 지금 자신에게 그와 같은 것을 하려고 드는 것이다.

만찬까지 양보한 이상, 방송 그림을 생각해서라도 수락하는 게 맞다. 차지석과 함께라면 좀 더 전문적인 일에 대해 이야기해 볼 수도 있을 것이고. 민호는 나쁘지 않다고 판단했다.

"좋아요."

나 PD는 주먹을 불끈 쥐었다. 오전의 미소가 살짝 살아난 기색으로 말했다.

"참고로 오늘, 민호 씨가 깜짝 놀랄 희귀동물이 들어온다네요. 사육사님들이 가장 힘들어하는 일거리죠."

"그래요? 제가 듣기로는 새로운 동물 친구를 만나는 것만큼 재미있는 게 또 어디 있을까 하시던데."

"그새 많이 친해지셨나 봐요."

"어느 정도는요."

어디 한번 고생해 보라는 나 PD의 도전적인 눈빛에 민호는 부드러운 미소로 응수했다. 청춘일지 동물원 특집의 제2막을 알리는 대화는 민호를 따라다니는 VJ의 카메라에 고스란히 담겼다.

오후 4시부터 시작된 민호의 일거리는 세관의 검역심사가 끝나고 곧 이곳에 도착할, 베일에 싸여 있는 동물을 위해 사육장을 정비하고 청소하는 일이었다.

차지석은 '와일드 밸리'라 이름 지어진 야외 대형 사육장 전체를 가리키며 말했다.

"이 섹션은 아직 공개 안 됐는데 방송에 먼저 나오겠어."

"그래도 돼요?"

민호는 걸세븐이 아니라 자신의 뒤만 졸졸 따라오고 있는 나 PD를 흘끔 보았다. 메인 PD가 따라붙는다는 건 본 방송에 자주 노출될 확률이 그만큼 높다는 말과도 같았다.

"광고도 되고 좋지 뭐. 주말에 하는 동물 프로 있잖아. 거기 방송 나가면 그다음 주는 관람객이 많이 늘거든. 코식이도 그 덕분에 일약 스타가 됐지."

사람 말소리와 비슷한 울음소리를 내는 코끼리는 민호도 오전의 투어 때 본 적 있었다.

"그래, 자네는 저곳에 어떤 친구가 살게 될지 알 수 있겠나?"

"PD님 말씀처럼 희귀동물인 거죠?"

"멸종 위기 등급이 '취약'에 있긴 하지."

차지석의 손끝을 따라 민호의 시선도 한 우리를 향했다. 바위와 황토로 이루어진 작은 언덕과 굴처럼 보이는 은신처. 가지가 굵은 나무가 듬성듬성 박혀 있는 장소는 정글처럼 꾸며진 사파리와는 또 다른 느낌이었다.

'와일드 밸리라 이거지?'

바로 옆에 붉은 늑대와 툰드라 늑대의 사육장이 보였기에 민호는 한 번에 알아채고 말했다.

"야생 개과가 콘셉트군요. 딩고 맞죠?"

호주의 야생 견종. 생긴 건 진돗개나 잡견처럼 보여도 일반 개처럼 짓는 것이 아니라 늑대처럼 으르렁거리는 딩고는 영리한데다 치타나 퓨마와 같이 나무까지 잘 타는 들개였다.

"역시 한 번에 아는구만. 저기 저 PD님은 사진을 보여줘도 뭐가 개고 뭐가 딩고인지 구분을 못 하던데."

차지석이 우리의 문을 열고 안으로 들어섰다. 민호는 따라 들어가며 깨알같이 나 PD를 디스 하는 차지석의 말에 웃음을 터뜨렸다.

"호주 프레이저 섬의 기관에 아는 분이 있어서 딩고 부부와 새끼 네 마리를 특별히 공수해 왔지."

"순종은 무척 희귀하다고 들었어요. 야생성이 대단히 강해서 사육하기도 쉽지 않고."

"맞네. 그래서 여기 환경에 신경을 많이 썼어. 우리 동물원이 다른 건 몰라도 잘 길러서 가족 수를 불리는 데는 최고거든."

차지석의 말처럼 바로 옆 붉은 늑대들의 주거지역은 찬밥대우라고 느껴질 정도로 이곳의 환경은 깨끗하고 훌륭했다. 딩고가 살았던 프레이저 섬의 언덕을 그대로 구현해 놓은 듯했으니까.

"민호 군. 지금부터 딩고 도착 전에 마무리 작업을……."

민호는 이미 삽을 손에 든 상태였다.

"새끼가 넷이면 굴을 더 넓혀야겠죠? 바로 시작할까요?"

"후후. 그래야지."

낮잠을 잘 때는 얼마나 덥던지 상관하지 않고 늘 서로 붙어서 자는 딩고의 특성상 딩고 가족이 기거할 은신처를 다듬는 작업이 우선이었다.

죽이 잘 맞는 두 사람의 작업은 활동적일 새끼들이 뛰어놀 바닥에 푹신한 흙을 까는 것으로 이어졌다.

"먹이는 바로 주면 거부감을 갖지 않을까요?"

"배고픈 정도에 따라 다르겠지만, 항공편으로 이동하느라 스트레스를 상당히 받았을 거네."

"가장이 사냥하는 형식으로 가져갈 수 있게 나무 위에 올려둘까요? 애들 나무 잘 타잖아요."

보통 신참 사육사 셋과 중견 사육사 하나가 달라붙어 해야 하는 관리 작업은 민호와 차지석의 손에서 가볍게 해결되어 갔다.

우리 밖에서 턱을 괸 채 민호의 작업을 지켜보고 있던 나 PD가 고개를 흔들었다.

"졌다, 졌어. 오늘 민호 씨 힘들다고 한숨 쉬는 거 한 컷이라도 있었나?"

그의 물음에 작가 김미영이 대답했다.

"제 기억에는 없었던 것 같아요. 하루치 노동량으로 따져도 정말 힘들 텐데 앓는 소리를 안 하시네요. 일을 즐기는 것 같죠?"

"요 부분은 리얼 다큐로 가야겠네. 민호 씨는 완전 리얼 스타일이 어울리는 것 같아."

"어? 나 PD님 다음 분기 예능기획이 그런 쪽 아니셨어요?"

"맞아, 그래서 아주 탐나는 인재야. 장기 프로젝트 예능에서는 최고의 재능이지."

"이번 섭외 때 민호 씨 매니저님께 들어보니까 10월까지 스케줄이 꽉 찼다고 하더라고요. 오늘 다시 보니 민호 씨 본인의 캐릭터도 살아 있고, 반짝하고 사라질 예능인은 확실히 아닌 것 같아요. 잡으려면 빨리 잡으셔야……."

"이번 방송으로 기사 빵빵 띄우고 딜 들어가야지. KG 엔터 사장님을 좀 아는데, 가능성 있는 예능에 대한 도전을 마다할 사람은 아니야."

나 PD와 김 작가가 감탄한 민호의 리얼 다큐식 작업은 3시간이나 이어졌다.

"으으, 뻐근해."

민호는 땀으로 범벅된 몰골로 테마공원 벤치에 앉아 휴식을 취하는 중이었다. 아침 10시 무렵부터 지금까지. 중간에 밥을 먹은 시간을 제외한 거의 모든 시간을 동물들과 함께 보냈다.

'사육사로 취직한 기분이야.'

푹 빠져서 보낸 만큼 진귀한 경험은 많이 했다. 곧 있으면 도착할 딩고역시 호주에 직접 가보지 않는 한 직접 보기 어려운 동물이었다.

"이번에도 정신없는 촬영이었어."

민호는 도그휘슬을 만지작거리다 게임단 숙소에 동물을 키워보는 건 어떨지 진지하게 고민해 보았다.

1인 가구가 25%에 육박하는 외로움의 시대. 반려동물은 사람들의 삶에 위안과 행복을 주는 또 하나의 가족으로서 훌륭한 구성원이라고 도그휘슬이 말해주고 있었다.

'어제 그 고양이는 잘 지내고 있겠지?'

수의사는 내일 찾아오라고 했지만 당장 보고 싶어지는 민호였다. 그러나 민호는 동물을 마구마구 사랑하고 싶은 이 기분을 조심스레 정리했다. 도그휘슬이라는 애장품의 영향력에서 벗어난 다음에도 같은 마음이 들면 그때 고려해도 늦지 않다.

해가 저물어 가자 야간 조명이 밝혀진 놀이동산의 내부는 낮보다 더 꿈동산 분위기를 물씬 풍겼다. 제작진이 준비할 만찬 시간도 이제 얼마 남지 않았기에 민호는 크게 기지개를 켜며 촬영 마무리 즈음의 여유를 만끽했다.

"민호 오빠!"

누군가의 부름에 고개를 돌리니 오소라와 구하연, 김선화가 각자 개를 한 마리씩 이끌고 걸어오는 모습이 보였다.

"웬 개들이야?"

"오빠, 저희가 지금 마음대로 못 움직이거든요. 어맛, 빛나야!"

덩치가 있는 골든리트리버 3마리는 꼬리를 살랑거리며 그녀들을 이끄는 중이었다. 주인이 개를 다루는 것이 아니라

개가 주인을 이끄는 모습에 고개를 갸웃하던 민호는 이내 그 이유를 알아챘다.

'근처에 맹인안내견 훈련소도 있다고 했지?'

VJ와 조연출이 따라붙고 있는 것을 본 민호는 개를 얻기 위해 촬영하고 있음을 깨닫고 자리에서 일어났다.

"미션이 뭐야?"

민호가 그녀들에게 다가갔다. 한바탕 바닥에서 뒹군 듯 옷이 흙투성이인 구하연이 울상을 지으며 말했다.

"얘들 따라 눈감고 공원 한 바퀴 도는 거요. 근데 무서워서 도저히 눈을 못 감겠어요."

"푸훕."

척 보니 이 견공 셋은 안내견 훈련 과정에 있는 아직 덜 성숙한 개들이었다. 세상에 대한 호기심이 왕성할 무렵의 나이. 그 때문에 이끄는 것이 거침이 없었다. 대부분의 훈련 개들은 이 시기에 선별되어 침착함을 유지할 수 있는 아이들만 남고 나머지는 분양된다.

"왜 웃어요."

"개들이 귀여워서."

눈을 뜨고 장애물과 길 안내에 대해 하나하나 차분하게 설명하면서 가도 모자랄 아이들에게 의지해야 한다니. 이것을 지시했을 제작진의 사악함이 느껴졌다.

"다른 동물 얻으러 갈걸."

오소라가 한탄하는 사이 살랑거리는 풀잎에 꽂힌 그녀의 견공이 폴짝 뛰어 길 밖으로 나가려고 했다.

"빛나야!"

"워워."

민호가 급히 다가와 '빛나'라는 이름을 지닌 견공의 어깨와 이어진 줄을 잡아챘다. 그리고 자세를 낮춰 빛나의 뒷목 부근을 쓰다듬었다. 난리를 부리던 빛나는 민호의 손에 마취제가 달린 것도 아닌데 순식간에 잠잠해졌다.

"착하지. 굿보이."

그 자연스러운 광경에 오소라는 물론이고 구하연과 김선화의 눈도 놀란 빛이 됐다. 민호가 세 사람을 향해 물었다.

"두 팀으로 나눈 것 같은데 반대쪽은 어때?"

"거기는 성공 자체가 쉽지 않아 보여요."

걸세븐은 늦은 점심 이후, 한쪽은 얻을 가능성이 희박한 레서판다를, 다른 한쪽은 가능성이 큰 개 쪽으로 미션을 수행하러 움직인 모양이었다.

"그래서 두 팀 다 3시간 동안 하나 남은 걸 획득 못 하고 있다 이거지?"

민호의 질책에 구하연이 고개를 푹 숙였다.

"히잉~ 열 마리 중에서 제일 똑똑해 보이는 애로 고른 건데."

"쯧쯧. 왜 개를 한꺼번에 데리고 나왔어. 하나씩 하면 되지. 한 사람만 눈을 가리고 다른 둘이 도우면 간단하잖아. 하나는 개를 올바르게 이끌고, 다른 하나는 눈을 감은 사람이 무섭지 않게 보조하고."

이것은 실제로 사용하는 훈련 방법이기도 했다.

"아……."

잠시, 자신들이 바보였음을 깨달은 세 사람이 탄식했다.

"나한테 두 마리 넘겨. 너희는 미션 확실히 성공하고."

"네, 오빠."

민호는 상당히 진정한 상태인 빛나를 넘기고 '보듬'과 '별비'란 이름을 지닌 견공을 데리고 벤치로 돌아갔다.

테마공원의 산책로를 따라 벌어지는 걸세븐 삼 인의 미션은 8시가 다 되어서 무렵 가까스로 성공했다.

"으으, 겨우 왔네. 수고했어, 별비야."

오소라가 어깨를 축 늘어뜨린 채로 마지막으로 공원 일주에 성공한 별비를 담당 사육사에게 넘겨주었다.

"내일은 자유 맞죠?"

구하연의 물음에 조연출은 말없이 고개만 끄덕였다.

드디어 7마리 성공!

"우와아아아!"

미션에 참여한 세 사람이 부둥켜안으며 즐거워했다.

"민호 오빠 덕분에 살았어요."

"뭘, 이런 거 갖고."

"오빠도 와요!"

세 사람에 민호까지 끼어 방방 뛰었다. 좌측에 오소라, 우측에 구하연, 정면에 김선화. 마지막 미션에 대한 팁을 준 보상으로는 안성맞춤인 걸그룹과의 포옹이었다.

'으흐흐.'

민호는 해피엔딩으로 끝난 촬영에 만족하며 만찬이 준비되고 있다는 구내식당으로 이동을 시작했다.

식당 입구에는 레서판다 획득 실패로 우울해하고 있던 정효림 팀이 자리해 있었다.

"소라야. 어떻게 됐어?"

오소라는 고개를 푹 숙이고 한숨을 짓는 동작을 선보였다. 한탄하는 정효림을 보며 눈웃음을 지은 오소라가 말했다.

"성공했쥐~"

등 뒤에 숨기고 있던 강아지 인형을 짠하고 내보이는 오소라에 반대편 걸세븐 넷이 "와아아!" 하고 비명을 지르며 뛰어들었다.

'이거이거.'

민호는 또 한 번 꿈같은 포옹을 하고 제자리를 빙빙 돌 분위기가 조성된 것을 보고 내심 기대했다.

"크흠."

헛기침해서 나 여기 있다는 존재감을 밝히는 것을 잊지 않았다. 걸세븐 일곱이 환호하며 손을 번쩍 치켜드는 가운데 구하연이 민호 쪽으로 고개를 돌렸다. '오빠, 고마워요' 하는 눈빛.

'타이밍은 지금!'

"민호 군."

그러나 차지석의 부름에 함께 뛰어가려던 동작을 멈춰야 했다.

"딩고 왔다네. 입사 준비 중인데 같이 가겠나?"

딩고 가족을 실은 트레일러가 와일드 밸리 입구에 주차됐다. 우리를 옮기기 위해 차지석 말고도 와일드 밸리 전담 사육사 다섯이 함께하고 있었다.

'날 너무 신뢰하시는데.'

민호는 차지석의 특별 요청으로 보호구를 착용한 채 가장 앞에서 대기 중이었다. 튼튼해 보이는 천이 몇 겹으로 둘러

있는 보호구는 움직이기는 불편해도 갑옷을 입은 전사 느낌이 들어 든든했다.

호랑이하고도 맞장을 뜰 수 있을 것 같은 기분.

'우후후.'

물론, 이건 기분뿐이었다. 실제로 커버할 수 있는 범위는 늑대 중에서도 소형 종뿐.

드르륵.

트레일러 문이 열리고 딩고 부부가 들어 있는 우리가 밖으로 모습을 드러냈다.

뻣뻣하고 짧은 갈색 털, 쫑긋 서 있는 귀. 개라고는 하나 야생종답게 몸길이가 90㎝에 육박하는 딩고 부부는 '크르르' 하는 늑대와 비슷한 울음소리로 날이 서 있음을 모두에게 드러냈다.

"스트레스가 심했나 봐요."

"먼 거리를 왔으니까."

차지석은 고개를 끄덕였다.

민호는 곁에서 똑같이 보호구를 입은 채 촬영 중인 VJ가 몸을 부르르 떠는 것이 느껴졌다. 자신 때문에 별별 동물 앞에서 다 촬영을 해온 VJ였기에 약간의 미안함이 들었다.

"오늘 미안해요, 저 때문에 고생 많으셨죠?"

"괘, 괜찮습니다. 이제 저 동물을 안으로만 옮기면 끝나는 거죠?"

"아직이요. 수의사의 체크를 받아야 해요. 안에 넣은 상태로 재검사하려면 마취해야 하거든요."

그렇게 수의사를 기다리고 있던 민호는 손목의 점자시계 쪽으로 시선을 내렸다가 흠칫 놀랐다. 빛이 새롭게 어려 있던 것이다. 게다가 목에 걸고 있던 도그휘슬에도 은은한 빛이 어려 있었다.

'뭐야?'

한번 흡수한 빛이 다시 보이는 이유는 하나다. 서로 어울리는 다른 애장품이 나타났을 때. 민호는 기대감에 어려 주위를 둘러보았다. 그리고 막 도착한 지프 쪽에 시선을 두었다.

두 사람이 내려섰다.

동물원의 규모가 규모다 보니 내부에서 일하는 수의사만 수십이었으나, 한 사람의 얼굴은 민호도 익히 알고 있는 이였다.

"도준아, 네가 여기 웬일이야?"

차지석도 민호가 알고 있는 얼굴을 보며 놀란 표정이 됐다. 젊은 훈남, 차도준이 다가오며 말했다.

"국내에서 보기 어려운 견종이 들어온다는데 개 박사가 한번 와줘야죠. 와, 진짜 똑같이 생겼네. 누가 보면 믹스견인

줄 알겠어."

"원, 가만히 서서 구경만 해. 참견하지 말고."

"네이~"

민호는 차도준 수의사가 들고 있는 가방 쪽에 시선이 꽂혔다. 가방에 살짝 걸려 나온 청진기의 끝 부분. 아마도 도그휘슬이 빛나는 이유는 저것 때문 같았다.

'너는 왜 그러냐.'

점자시계를 슥 터치했으나 빛이 사라지진 않았다. 어울리는 걸 동시에 만져야 사라지기에 자꾸만 청진기로 시선이 가는 걸 어찌할 수가 없었다.

동물원의 개과 담당 수의사가 딩고의 상태를 꼼꼼히 체크했다.

"건강상태는 양호해 보입니다. 혈액 샘플은 세관에서 온 것을 분석하면 되니 이제 우리에 넣어주세요."

민호는 이동용 우리를 딩고 부부가 지낼 보금자리 앞까지 운반하는 작업을 돕다가 수컷 딩고가 내뱉는 낮은 울음소리를 들었다.

크르르르.

점자시계로 증가한 청각 때문인지 이것이 상당히 거슬렸다. 붉은 늑대 우리에서 들려오는 울음소리와 비슷한 적대적인 떨림. 그것이 사육사들을 향한 것인지, 양옆에 배치된 다른 종의 늑대를 향한 것인지는 몰랐으나 한번 깃든 불안감은 민호의 가슴속에서 쉽게 가라앉지가 않았다.

철컥.

사육장의 작은 문이 열리고 이동용 우리가 그곳에 밀착됐다. 딩고 부부가 있던 이동용 우리의 문이 열리자 두 부부가 '팟!' 하고 뛰어 들어갔다.

바위 뒤로 숨는 모습을 지켜보던 차지석이 말했다.

"움직임은 괜찮아. 항공 이동으로 인한 체력 저하는 크게 신경 안 써도 되겠어. 애들아, 그 나무에 고기 있다! 배고플 테니 어서 먹어!"

트레일러에서 새끼 4마리가 담긴 우리가 뒤이어 내려왔다. 성인남자 팔뚝만 한 크기의 새끼들은 날을 세우던 딩고 부부와는 달리 상당히 주눅이 든 모습이었다.

"귀여워!"

차도준이 가까이 다가가 함박웃음을 지었다. 민호의 옆에서 촬영하던 VJ도 어린 딩고들의 모습에는 크게 긴장하지 않았다.

두 번째 이동용 우리가 딩고의 사육장 입구에 다가갔다. 멀찌감치 서 있던 차도준이 입구의 장치를 개폐 중인 차지석에게 물었다.

"아버지, 한 마리만 저 주시면 안 돼요?"

"미쳤냐? 아들 초상 치르고 싶은 생각 없다."

"새끼잖아요. 개였다가 들개가 된 종이라면서요? 훈련시키면 다시 집개처럼 기를 수 있다던데."

이동용 우리를 사육장에 붙여 넣는 작업을 마치고 차도준 옆으로 물러선 민호가 고개를 흔들었다.

"생후 6주 이내가 아니면 야생성에 강하게 물들어서 힘들어요."

"그래요?"

하고 민호를 쳐다보던 차도준은 '어?' 하고 놀랐다.

"어제 죽어가던 길고양이 데려오신 분 아닌가요?"

민호는 짧게 웃으며 고개를 끄덕였다.

"고양이 지금 어떻게 지내요?"

"엄청 양호해요. 씻겨놨더니 완전 귀여운 거 있죠. 회색 고양이가 아니라 흰 고양이더라고요."

민호는 흐뭇한 표정을 지었다. 민호와 차도준이 나누는 대화를 오디오를 통해 듣고 있던 나 PD는 고개를 갸웃하며 무슨 일인지 작가진에게 어서 알아보라고 손짓했다.

"사육사셨구나. 어쩐지. 그러니 발견해서 데려왔지."

차도준의 말에 그건 아니라고 대답하려던 민호는 찌릿한 느낌이 들어 고개를 훽 돌렸다. 바위 뒤에 숨어 있던 딩고의 수컷이 다시 '그르릉'거리며 적의를 발산하기 시작한 것이다.

점자시계로 증가한 감각에 사육사의 경험이 더해지자 이 적의가 스트레스로 인한 것은 아니라는 것을 확실히 알 수 있었다.

그보다는…….

민호는 막 우리 안으로 입사를 시작한 새끼들에게 시선이 머물렀다. 새끼들이 어리둥절한 모습으로 안쪽으로 걸어 들어가기 시작하자 낮게 '그르릉'거리는 울음소리가 급격히 커졌다.

차지석도 이 소리에 고개가 돌아갈 정도였다.

고민하던 민호는 무의식적으로 차도준의 가방에 삐져나온 청진기를 슬쩍 건드렸다. 수의사의 지식이 더해진다면 좀 더 확실하게 이유를 알 수 있지 않을까 싶어서였다.

도그휘슬과 점자시계에 새롭게 어려 있던 빛도 한꺼번에 흡수되어 사라졌다.

차지석의 사육사 경험, 차도준의 수의사 능력, 여기에 자세한 진단을 내릴 수 있는 감각이 더해지자 민호의 머릿속에 야생 들개와 관련된 지식이 번뜩이고 지나갔다.

'이런…….'

민호는 차지석을 향해 급히 소리쳤다.

"사육사님, 재들 못 들어가게 막아야 해요!"

"응?"

딩고는 야성이 대단히 강하고 잔인한 면모도 가지고 있다. 자기가 속한 무리의 암컷이 새끼를 낳으면, 그리고 어미개가 강한 개가 아니라면 그 새끼를 물어 죽이기도 한다. 지금은 그와는 반대. 저 새끼 중 한 마리에 문제가 있었다.

병. 도태.

다른 개체에 전염되면 모두가 몰살할 수 있는 위험을 안고 있기에 수컷이 안달이 나 있는 것이다.

바위 뒤에 숨어 있던 딩고의 수컷이 새끼들을 향해 질주하기 시작했다. 적을 습격하는 의미라는 건 지켜보고 있던 차지석도 단박에 알아챘다.

"윤철아, 마취총!"

차지석이 황급히 이동용 우리의 문을 닫았으나 수컷이 달려오는 속도가 엄청났다. 거기다 새끼 두 마리는 이미 이동용 우리 밖으로 나간 상황이었다.

민호는 갈등했다. 그리고 결심했다.

'보호 장비 입었잖아.'

장갑을 벗고 반지를 착용한 민호가 사육사들이 드나드는 문으로 번개처럼 뛰어들었다.

"강민호 군!"

차지석의 놀란 음성을 뒤로한 채, 민호가 몸을 날려 새끼를 이동용 우리 안으로 밀어 넣었다.

으르렁거리며 뛰어오는 수컷 딩고의 사나운 모습이 민호의 눈앞에 아른거렸다.

크르르르!

보호구를 착용한 왼팔을 들어 딩고의 이빨에 들이댔다. 사육사가 쏜 마취바늘이 수컷 딩고의 몸에 적중했다.

풀썩.

수컷 딩고가 잠이 들어 쓰러졌다.

"휴우."

민호는 십 년 감수한 표정으로 자리에서 일어났다.

피슛!

뒤늦게 들어온 사육사가 달려들기 일보 직전인 암컷 딩고에게도 마취총을 발사했다.

"괜찮으세요?"

정윤철이란 이름표를 달고 있는 사육사의 물음에 민호는 고개를 끄덕였다. 수컷과 암컷이 모두 잠에 빠진 사이 민호가 밖으로 나왔다.

"민호 군!"

놀라서 달려온 차지석은 수컷 딩고에게 물린 민호의 팔부터 살폈다. 다행히 보호구 위를 물어 큰 피해는 없어 보였기에 차지석은 안도의 한숨을 내쉬었다.

"오늘 여러모로 자네에게 놀라는군. 고맙네. 자네 덕분에 사고를 막았어."

"할 수 있는 걸 한 건데요 뭐. 그리고……."

민호의 시선은 딩고 새끼들에게서 떨어질 줄을 몰랐다. 청진기를 만진 여운이 사라졌기에 정확한 진단을 내리지는 못했으나 저 애들이 병에 걸려 있다는 건 확신했다. 수컷 딩고의 이상행동이 그리 말해주고 있었다.

"저 애들 아직 위험이 사라지지 않은 것 같아요."

"그게 무슨 말이지?"

"수컷은 병이 암컷과 자신이 옮을까 봐 새끼를 물어 죽이려고 했어요. 무리를 이끈 경험이 있을 테니까 학습이 되어 있던 거죠. 같은 병으로 무리의 구성원을 잃었던 것 같은."

민호의 의견에 차지석의 시선이 딩고의 새끼들을 향했다. 곰곰이 생각한 차지석이 고개를 끄덕였다.

"과연, 일리 있는 말이네."

둘의 대화를 듣고 있던 차도준이 다가왔다.

"아버지, 병이라고요? 그게 확실해요?"

"충분히 가능성이 있어. 본래 개가 후각이 뛰어나지만, 야생 들개는 그보다 더 뛰어나. 병에 걸린 개를 후각만으로 판단할 수 있지."

"매정하지만 일종의 생존본능인 거네요."

씁쓸한 표정으로 수긍하던 차도준이 민호를 보며 의아하

다는 눈빛을 보냈다.

"이 사육사님은 나이는 신입 같으신데 날카로우시네. 아버지 제자예요?"

차도준이 민호의 정체를 오해하자 차지석은 웃으며 대답했다.

"저 뒤에 카메라 안보이냐? 방송국에서 나오신 분이다."

"어라?"

차도준은 그제야 VJ와 멀리서 이 부근을 촬영 중인 카메라들을 인지했다.

"강민호라고 해요."

아까 미처 하지 못한 인사를 끝낸 민호는 사육사들에 의해 굴로 이동 중인 딩고 부부에게 눈길이 머물렀다. 애들이랑 같이 놀라고 오후에 실컷 다듬어 두었건만 안타까울 따름이었다.

새끼들은 갑작스러운 사태에 주눅이 들었으면서도 두려워하는 것이 아니라 밀집해서 경계의 눈길로 주위를 바라보고 있었다.

부모도 그렇고, 새끼도 그렇고. 말 못하는 짐승이라고 치부하기에는 무척 치열하게 살아갈 궁리를 하고 있다.

'진짜 야생이란 건 놀라워. 그나저나 고칠 수 있는 병이면 좋겠는데.'

청진기를 만져보면 확실히 알 수 있을 것 같았기에 민호는 차도준 쪽으로 시선을 돌렸다. 차도준은 동물원의 담당 수의사와 딩고 새끼들의 상태에 대해서 이야기를 나누는 중이었다.

"이 녀석들 겉보기에는 괜찮잖아요. 아버지와 민호 씨 말이 사실이라면 아무래도 발병 전에 잠복기에 든 거 같죠?"

"검역진단서 보니까 세관의 검역원도 딩고 부부 쪽만 신경 쓴 것 같아."

"어디 보자, 애들 크기 보니 태어난 지 2개월 정도? 모체 이행 항체가 거의 사라졌을 텐데. 예방접종이 애매하게 안 먹힐 시기네요."

"도준이 너 진단실에 들러라. 나 혼자서는 오늘 내로 전부 검사 못 한다."

"그래야죠. 저 아빠 딩고한테 무슨 병인지 물어볼 수도 없고. 오늘 발견 못 하면 애들 다 위험해요."

대화를 귀 기울여 듣고 있던 민호는 속으로 고개를 저었다. 사육사의 경험이 '저 정도 나이대의 새끼들은 한 번 병이 들면 면역력이 약해서 손을 쓸 수가 없다'고 말해주고 있었다.

그냥 죽는 걸 도저히 내버려 둘 수 없는 심정.

도그휘슬에 깃든 동물을 향한 애정의 영향도 무시 못 할 수준이었으나, 이것은 온종일 동물과 어울리다 보니 보아뱀까지도 귀엽다고 느끼게 된 민호의 심정이기도 했다.

'에라, 모르겠다. 기왕 난리 친 거.'

민호는 다리 쪽 보호장비를 벗는 척하다 비틀하며 차도준에게 살짝 부딪혔다.

"어어."

넘어지며 차도준의 가방에서 튀어나와 있는 청진기를 쓱 빼는 건 어렵지 않은 일이었다. 바닥에 쓰러져 점자시계를 터치했다.

"괜찮으세요?"

"죄송해요. 벗다가 그만. 이거 저 때문에 바닥에 떨어졌어요."

민호는 청진기를 차도준에게 건네주었다. 그리고 이동용 우리 안에서 서로서로 체온을 보듬고 있는 새끼들을 직시했다. 수컷 딩고만큼은 못하지만, 그래도 증가한 청각과 후각으로 자세히 살펴보았다.

콩닥콩닥 거리는 네 개의 심장 소리. 그중에서도 유독 하나의 딩고 새끼만 심장 소리의 간격이 달랐다.

'좀 더 확인해 볼까?'

민호는 우리 쪽으로 가까이 다가가 손등을 딩고의 새끼들 근처로 가져갔다. 잔뜩 경계하고 있던 네 마리의 새끼들은 신기하게도 긴장을 풀고 민호의 근처로 모여들었다.

두 마리는 적극적이었다.

방금 민호가 구해줬다는 사실을 인지했음인지 아직 덜 자란 이빨을 보이는 대신 킁킁거리며 혀로 민호의 손등을 핥아 왔다.

“옳지, 옳지.”

민호가 사육장 안으로 뛰어들었을 때부터 반쯤 넋이 나가 있던 VJ는 이 장면만은 정신을 차리고 공을 들여 촬영했다.

“욘석들. 많이 놀랐지?”

점자시계로 증가한 감각 때문에 민호는 간지러움이 극렬하게 느껴져 머리만 한차례 쓰다듬어 준 후 손을 뺐다.

가까이서 확인해 보니 알 수 있었다. 심장 소리의 간격이 빠른 새끼에게서 미세하지만 약간의 열이 느껴졌다. 바이러스성 질환. 바이러스가 몸에 퍼지기 시작하면 그것과 싸우며 몸은 열을 발산한다.

“음…….”

치명적이면서 잠복하는 병이라면 ‘파보 바이러스’일 가능성이 컸다. 발병 이후 구토, 혈변, 탈수증세로 쇼크가 와서 사망에 이르는, 새끼들에게 특히 치명적인 병. 백신이 없기에 극진한 간호만이 답이었다.

병이 아직 새끼 하나에만 있는 것이라면 즉시 격리시켜야 한다. 최악의 경우 세 마리는 살려야 하니까.

민호는 이 말을 전해 주기 위해 고개를 돌리다가 자신의 행동을 지켜보고 있던 차지석과 눈이 마주쳤다. 지금은 적당한 변명거리보다 생명이 우선이다.

"사육사님. 맨 왼쪽에 있는 딩고 새끼, 당장 떨어트려 놓고 경과를 두고 봐야 해요. 파보 바이러스 같아요."

진지한 민호의 표정에 차지석이 물었다.

"확신할 수 있는 건가?"

"네."

차지석은 고개를 끄덕였다.

"윤철아! 미니 케이지 4개 가져와!"

이후의 처리는 일사천리로 이루어졌다. 각자 소형 우리에 담겨 내부의 동물병원으로 이동됐고, 차지석 부자와 담당 수의사도 바로 움직여 검사와 치료를 시작했다.

민호가 식당에 걸어 들어오자 와일드 밸리에서 있었던 일이 퍼져 나갔는지 걸세븐 모두 눈을 크게 뜨고 다가왔다.

"민호 오빠!"

오소라는 민호의 몸 이곳저곳을 살펴보며 물었다.

"늑대한테 물렸다면서요?"

"늑대가 아니라 들개. 보호구 차고 있어서 멀쩡해. 걱정하지 마."

삼삼오오 모여든 걸세븐에게 민호는 딩고 새끼가 병에 걸려 위험하다는 이야기를 해주었다.

"생명력이 강한 종이니까 이겨낼 수 있을 거야."

침울해 하는 그녀들에게 마지막 말을 덧붙였으나 이건 민호의 희망사항일 뿐이었다.

민호는 식당을 둘러보다 그녀들이 차려져 있는 맛깔스러운 음식들에 전혀 손을 대지 않을 것을 보고 말했다.

"먼저 먹고 있지 그랬어. 배고플 텐데."

"어떻게 그래요. 누가 얻어낸 건데."

"맞아요. 염치가 있어야죠!"

오소라의 말에 맞장구치던 구하연의 뱃속에서 '꼬르륵' 하는 소리가 흘러나왔다. 민호는 피식 웃으며 말했다.

"먹자!"

오후 9시가 되어서야 시작된 만찬. 걸세븐이 좋아하는 음식들로 꾸며졌다는 한식 식단은 순식간에 동이나 사라졌다.

영상 편집기계가 장착된 방송국 차량 안.

"이거……."

나 PD는 민호의 담당 VJ가 찍어서 가져온 영상을 되돌려보며 할 말을 잃었다.

민호가 사육장 문을 열고 뛰어들어 몸을 날려 새끼 두 마리를 우리에 밀어 넣는 모습. 뒤이어 달려드는 딩고와 맞닥뜨리는 긴박한 장면. 이것은 반사적으로 줌을 당긴 VJ에 의해 고스란히 찍혔다.

모니터를 함께 보고 있던 조연출이 감탄했다.

"이런 건 예능국 5년 동안 처음 봐요."

"넌 5년이냐? 난 10년 만에 처음 본다."

나 PD는 되감기를 누르며 말했다.

"오늘 촬영 2주 분으로 가자. 전반에는 좌충우돌하는 걸세븐 위주로 내보이고, 중반 이후부터 민호 씨로. 내가 무릎 꿇은 것부터 시작해서 역순으로 반전 포인트 살려서."

"마무리는 이 장면인 거군요."

"예고편으로 살짝 흘리면 난리 날 거야. 넌 가서 차시석 사육사님이랑, 마취총 쏜 정윤철 사육사님 인터뷰 따와. 딩고 새끼들 치료 경과도 팀 하나 보내서 꼼꼼히 기록하고."

이건 방송 때보다 방송 직후의 후폭풍이 훨씬 클 만한 이슈거리였다. 게다가 저 모습. 방송이고 뭐고, 새끼를 구하기 위해 사력을 다하는 저 장면은 아무리 연출을 해도 나올 수 없는 리얼 그 자체의 영웅담이었다.

"2주째 시청률 대폭발하겠어요. 강민호 씨 다음번에 섭외할 때는 도진이 형 급의 출연료를 줘야겠는걸요?"

조연출의 말에 나 PD는 다시 되감겨 반복되고 있는 민호의 모습을 지켜보았다.

"그게 문제가 아니야."

"그럼요?"

"다른 방송국에 뺏기기 전에 높은 조건으로 선수를 쳐야지. 이번 개편에 한꺼번에 바뀔 주말 기획 예능들. 내 생각에는 누가 강민호를 잡는지가 관건이 될 거야."

다음 날.

민호는 온몸이 뻑적지근한 느낌과 함께 눈을 떴다. 항상 최고의 잠을 선사해주는 취화정의 효능도 어제 하루 사육사 몇 사람 분의 일을 해낸 부담감을 모조리 없애 주지는 못했다.

"끄으."

팔과 다리, 등과 배. 알이 배기지 않은 곳을 찾기가 어려웠다. 공 매니저를 통해 스케줄을 상당수 미뤄두었기에 그나마 여유가 있는 아침이어서 다행이었다.

목요일이지만 오늘 하루는 휴일처럼.

씻고 나와 아침을 챙기던 민호는 휴대폰에 문자 하나가 온 것을 확인했다. '포에버 동물병원'에서 고양이의 건강상태가 무척 좋아졌다는 정보를 보내온 것이었다.

그리고 동봉된 사진.

동글동글한 눈으로 수의사의 손에 매달려 있는 순백의 고양이가 민호의 시선을 단박에 사로잡았다.

'하얗다더니 진짜였네.'

사파이어를 박은 듯한 푸른 동공에 흰털, 코끝과 귓가에 살포시 어려 있는 분홍의 살결은 민호의 심장을 사정없이 뛰게 만들었다.

'암컷인가?'

처음 봤을 수의사랑 잘 지내는 온화함도 그렇고, 항문과 소변길의 길이가 짧은 것을 보니…….

민호는 사진만으로 암수 구분을 하고 있음을 깨닫고 멈칫했다. 아기 고양이는 암수 구분이 쉽지 않음에도 대번에 알아챘다. 어제 한참을 들고 있었던 차지석 사육사의 애장품의 영향이 아직 남아 있는 듯했다.

"일찍 가볼까?"

민호는 식빵을 입에 물고 차 키를 찾기 위해 방으로 돌아왔다. 반대편 침대에 누워 있던 가람이 몸을 뒤척이다 고개를 들었다.

"으음. 형, 지금 몇 시죠?"

"8시 반. 운동 안 하냐?"

부산에서의 헌팅 대실패 이후 가람은 또다시 게을러졌다.

"원동력을 잃었슴돠. 오늘 스케줄 없어서 파리 대회 준비 한다고 하지 않으셨어요?"

"동물병원에 좀 다녀올 테니까, 훈련은 오후부터 하자."

민호는 방문을 닫고 나오며 거실과 복도의 전경을 쭉 훑어보았다.

사내들만 지내는 숙소. 이곳에서 고양이를 기른다는 건 무리다. 게다가 반려동물은 일생을 함께 보낼 각오가 없다면 키우지 말아야 한다. 귀여울 때만 애정을 쏟아 붓는 건 결국 고양이에게 못할 짓이니까.

밖으로 나온 민호는 차에 올라타 바로 동물병원으로 향했다.

"강민호라고 합니다."

"아, 오셨군요."

일전에 담당했던 차도준 수의사 대신 다른 수의사가 고양이가 있는 곳으로 민호를 안내했다.

민호는 보호 유리 너머에서 물통과 앙증맞은 씨름을 벌이는 중인 흰 고양이와 마주했다.

"헐."

폴짝폴짝. 그러다 민호와 눈이 마주쳤다.

'귀여워어어어어!'

가람이를 윗방으로 쫓아내고 이 고양이만의 공간을 만들어 주자는 계획이 민호의 머릿속을 강타했다.

"안 돼! 현실적으로 생각하자. 아니야. 각오가 무슨 소용. 이렇게 예쁜데!"

유리에 손을 올리고 한참이나 매우 강한 갈등에 허덕이는 민호를 수의사가 재밌다는 듯 바라보았다.

"건강하죠? 일차 예방접종은 해놨고, 다른 병은 없어요. 앞으로 2주일 간격으로 진찰받으시면 돼요."

"네, 다른 건 없나요?"

"그리고 집에 고양이 용품이 없으시다면……."

수의사의 시선을 따라 민호의 시선은 동물병원 한쪽에 진열된 고양이 물품으로 향했다.

"아직 사료 말고 이유식을 먹여야죠? 이유식 세트랑 모래는 응고형으로. 캣타워는 작은 걸로. 영양제랑 장난감도 가장 좋은 걸로 챙겨 주세요."

"그걸 전부요?"

"네."

민호는 이후에도 눈관리, 귀관리 용품, 기능성 샴푸에 털브러쉬까지 구매했다. 짐이 한 아름이 되어서도 행복한 미소를 지은 채 흰 고양이를 바라보던 민호는 휴대폰이 울려 통화 버튼을 눌렀다.

–오빠, 어디에요?

"이설아. 나 동물병원이야."

–병원이요? 저도 거기 가려고 했는데. 혼자 가면 어떡해요.

"맞다."

민호는 그저께 고양이를 함께 데려왔던 윤이설을 떠올리고 턱을 긁적였다. 사진을 보고 들떠서 혼자 와버린 것은 확실히 미안한 일이었다.

"여기로 올래?"

–금방 가요!

30분 뒤, 동물병원의 대기석에 고양이 물품과 함께 앉아 있던 민호가 고개를 돌렸다.

"이설아!"

병원 안으로 들어서던 윤이설이 멈칫했다. 그녀는 민호의 가슴팍에서 귀를 쫑긋 내밀고 있는 아기 고양이를 보며 입이 쩍 벌어졌다. 누가 봐도 반할 만한 마성의 매력을 뽐내는 하얗고 작은 고양이. 그녀도 민호처럼 첫눈에 사로잡혀 버렸다.

"냥이야~ 안녕."

손을 흔들며 앞에 윤이설은 그의 옆에 잔뜩 쌓여 있는 고양이 물품을 가리켰다.

"오빠, 이게 다 뭐예요?"

"얘를 보니까 나도 모르게 이걸 다 샀어."

민호는 흐뭇하게 웃었다.

"이리 와봐, 냥이야~"

윤이설이 무릎을 꿇고 두 손을 내밀었다. 호기심 어린 눈으로 그녀를 지켜보던 아기 고양이가 "냐옹~" 하고 울더니 폴짝 뛰어 그녀의 손 위로 올라갔다.

"와, 말도 잘 들어."

"얘가 좀 똑똑해. 흐흐."

어깨를 으쓱하던 민호는 이내 정신을 차리고 고개를 좌우로 흔들었다. 아무리 귀여움에 넋이 나갔어도 지킬 것은 지켜야 한다. 스케줄에 뭐에 항시 바쁜 일정이 있는 자신이 이 고양이를 어떻게 돌볼 것이며, 게임단 숙소에서 이 고양이가 얼마나 잘 지낼 수 있을 것인지.

현실적으로 무리였다.

아기 고양이를 쓰다듬던 윤이설이 물었다.

"오빠가 키우시게요?"

"아니, 고양이 카페 같은데 올려서 주인을 구해야 할 것 같아."

“제가 키울게요.”

“네가?”

“저희 집 고양이 키웠었거든요. 키티라고. 15년을 같이 살았는데 2년 전에 죽었어요. 나이가 많아서…….”

키운 경험이 있다는 말에 민호는 아기 고양이의 얼굴을 다시금 바라보았다. 다른 낯선 주인보다 윤이설이 키운다면 가끔 볼 수도 있다. 자신과 있는 것보다는 훨씬 좋은 환경에서 지낼 것이다.

“그래, 그럼. 참, 몇 가지 당부할 게 있어.”

민호는 30분간 안고 있으며 차지석 사육사의 경험을 토대로 정리해 두었던 것을 말하기 시작했다.

“고양이다운 걸 요구하지 마.”

“네.”

“우유는 3잔 이상 먹이지 말고. 기분 좋은지 아무나 할퀴더라.”

“네.”

“같이 놀 때 고양이가 갑자기 꾹꾹이를 해주면 아파도 시원한 척하면 되게 좋아해.”

“……오빠.”

윤이설을 아기 고양이와 함께 집에 바래다주고 오는 길.
민호는 휴대폰이 울려 이어폰을 귀에 꼽았다.

–강민호 씨, 청춘일지 작가 김미영입니다. 차지석 사육사님이 통화하고 싶으시데요. 잠시만요.

딩고 부부와 새끼들의 안전이 궁금해 전화해 보고픈 참이었기에 민호는 반색하며 인사했다.

"사육사님!"

–민호 군. 딩고 새끼 있지 않은가? 병이 있을 거라던 그 아이. 도준이가 그러는데 고비를 넘겼다네.

"진짜요?"

민호는 안도의 한숨을 내쉬었다.

–자네 말대로 남은 세 마리는 괜찮았어. 애들은 딩고 부부와 합사에 막 성공해서 지금 잘 지내고 있어. 너무 뛰놀아 걱정이 들 정도야.

"잘됐네요."

겹겹이 좋은 소식만 들려왔다.

–이 딩고 말이네. 자네가 살려줬으니 이름을 자네가 지어줬으면 하네만.

"제가요?"

—그래, 자네가.

고민하던 민호는 적당한 이름이 떠올라 말했다.

“아롱이 어때요?”

—아롱이?

전화 너머로 쾌활한 웃음소리가 들려왔다.

—고맙네, 민호 군. 종종 놀러 오게나. 자네한테는 연중 무료로 문을 열어주겠네.

Object : 베테랑 사육사의 도그휘슬.

Effect : 30년 사육사 외길인생의 경험과 관록이 저절로 배어 나온다.

Object : 동물사랑 청진기.

Effect : 전문 수의사의 숙련된 지식을 공유할 수 있다.

Cross Object : 아롱이를 추억하는 청진기와 도그휘슬, 점자손목시계의 수의학 세트.

Effect : 희귀 동물의 습성을 제대로 파악한 스페셜한 판단을 내릴 수 있다.

32.
아트 메이커 (1)

금요일 아침.

민호는 KG 엔터 사옥의 5층 한쪽에 마련되어 있는 '스타피스'의 작업실 안에서 정신없이 회의 자료를 준비 중이었다. 프로듀서 전용의 음향 설비와 녹음실, 방음 설비가 충실히 갖춰진 방이었으나 정작 민호가 이것을 사용해 본 적은 없었다.

"민호야, 여기 세션맨 리스트."

이상건이 '스타피스'의 첫 작업 앨범의 트랙리스트와 인디 반주자가 정리된 목록을 내밀었다. 중얼거리며 무언가를 외우고 있던 민호가 고개를 들었다.

"아, 고마워요."

이 작업실을 실질적으로 혼자서만 활용 중인 이상건은 잔뜩 긴장해 있는 민호에게 웃으며 말했다.

"이설이 앨범 반응도 좋잖아. 뭘 그렇게 얼어 있어."

"믿었던 사장님이 참석을 안 하세요."

"임 사장님?"

"네."

대답한 민호는 속으로 한숨을 내뱉었다. 오전 10시부터 있을 'KG 엔터테이먼트 3/4분기 사업보고 회의'는 임소희의 외국 출장 때문에 각 부서의 팀장과 부사장의 주관으로 행해지게 됐다.

문제는 만년필을 빌릴 수가 없다는 것.

KG 엔터의 이사진 앞에서 레이블 사업에 대해 보고해야 하는 일은 공 매니저의 말처럼 간단한 것이 아니었다.

회사를 실질적으로 운영하는 사람들. 이들의 말 한마디에 레이블 사업 자체의 운명이 뒤바뀔 수 있는 것이다. 절대로 허투루 보고할 수 없었다. 아직 대표도 제대로 임명되지 않은 사업이 앨범 하나만 내고 망하면, 이설이도, 상건이 형도, 음악이 좋아 작업을 도와준 인디의 수많은 연주가에게도 면목이 없었다.

'그럴 순 없지!'

민호는 자료를 외우고 또 외웠다. 이미 외울 것이 없음에도 외웠다.

“쉬엄쉬엄해.”

이상건은 지금껏 잘해왔던 ‘대표 대리’님께서 저리 열성을 다하는 것에 미소를 지을 뿐이었다.

“민호야, 지난번에 이설이랑 나랑 같이 부른 노래 있잖아. 이거 싱글음원으로 출시해 보려고 하는데 어떻게 생각해?”

“‘애타는 청춘’, 그거요? 놀다가 만든 건데 그게 가능해요?”

“요청이 많아서. 이것 말고도 심이한 씨가 사이트에 올려둔 동영상에 있는 곡들, 자꾸 출시해 달라고 댓글에서 난리다.”

이상건이 작곡한 노래임에도 윤이설이 듀엣으로 참여하자 Once에서 프로듀싱이 가능했었다. 민호는 신이 나서 사계절 밴드 형님들을 닦달했고, 펑키한 이상건의 리듬감에 옛날 음악 스타일임에도 친숙하게 감정을 전달하는 윤이설의 목소리가 어우러진 재밌는 곡이 탄생했다.

“저야 대표 대리일 뿐인데 상관없죠. 상건이 형 곡이니 알아서 하세요.”

“제대로 해석해 주신 프로듀서님께서 무슨 소리. 대표는 안 해도 이설이 프로듀싱은 평생 해준다며. 가끔 내 것도 해주고.”

“그야 그렇지만.”

"아무튼 허락했으니 안 실장님께 얘기해 둘게."

대수롭지 않게 고개를 끄덕인 민호는 열려 있는 작업실 문 밖에 막 모습을 드러낸 한 여인을 보고 벌떡 일어섰다.

"은하 씨."

"민호 씨, 계셨군요."

민호는 곧바로 자료 숙지 때문에 착용 중이었던 반지를 뺐다.

범상치 않은 미모를 가진 여인의 등장에 놀란 이상건이 '누구셔?' 하는 눈길로 민호를 바라보았다.

"배우 서은하 씨예요. 은하 씨, 이쪽은 저와 무척 친한……."

"이상건 씨 맞죠? 노래 자주 들어요."

방긋 웃으며 인사해오는 서은하. TV와는 담을 쌓고 지내는 이상건이기에 누구인지는 몰랐으나, 화장을 전혀 하지 않았음에도 자체 발광하는 그녀의 얼굴에는 감탄하지 않을 수 없었다. 스쳐 지나가다 우연히 봐도 연예인을 만났다고 확신이 들었을 것이다.

"안녕하세요. 이거, 여배우님을 이렇게 가까이서 뵙는 건 처음이라 쑥스럽네요."

어색한 표정이 되어버린 이상건의 모습에 민호는 피식 웃었다. 서은하를 처음 봤을 때 자신도 저와 비슷한 표정이었다.

“말씀 편하게 하세요. 저 민호 씨보다 어려요.”

“그런 건 차차. 얼굴 익히고 나서요. 그럼 대화 나누세요. 전 휴게실에 좀 가 있을 테니까.”

이상건은 민호에게 손을 흔들어 보이며 작업실을 나섰다. 그 뒷모습을 지켜보던 서은하가 미안하다는 표정이 되어 민호의 앞에 섰다.

“인사만 하고 가려고 했는데. 이렇게 된 거 얘기나 좀 하다 갈까요? 후후.”

“여기 앉아요.”

서은하는 작업실 의자에 앉아 이곳저곳을 살펴보다 ‘스타피스 대표 강민호’라는 명패가 올라와 있는 탁자에 눈길이 갔다. 명패 중앙에 사인펜으로 깨알같이 ‘대리’라는 글귀가 덧입혀 있는 것을 발견하고 손으로 입을 가리며 웃었다.

“민호 씨. 기사 보니까 이번에 프로듀싱 하셨더라고요. 음악에 조예가 깊으신 줄은 몰랐어요.”

“전혀요. 그냥 이 레이블 가수들과 친해서 대표 대리를 맞고 있는 것뿐이에요.”

고개를 좌우로 휘젓는 민호는 칭찬만 했다 하면 적극적으로 부인하는 평소의 모습 그대로였다. 서은하는 속으로 웃으며 말했다.

“저 오늘 드라마 스케줄 때문에 출국하거든요. 생각보다 찍을 장면이 많아서 국외 담당 매니저님께서 화보 촬영 스케줄이 조정될 수도 있다고 하네요."

"일정이 뒤로 밀린다는 말인가요?"

"아니요. 그것보다는……."

서은하는 누가 듣기라도 한다는 듯 손으로 입을 가리고 목소리를 낮췄다.

"중간에 몰래 빠져나가서 관광할 시간이 없을 것 같아요. 첫 국외여행인데 일만 줄곧 하다 오게 생긴 거 있죠? 나 참."

민호는 서은하가 귓속말하는 만큼 입술 또한 바로 옆에 있게 되자 숨을 크게 들이쉬었다. 지난주, 황홀하기만 했던 그녀와의 키스신은 이따금 꿈에서 튀어나와 민호의 가슴을 온통 설레게 했다.

'정신 차리자. 나름 연기도 두 번씩이나 했는데 프로페셔널해야지.'

속으로는 양 뺨을 수도 없이 탕탕 때리며 설레는 가슴을 진정시키던 민호에게 서은하가 작게 속삭였다.

"귀국 일정 늦춰서라도 꼭 구경 가요, 우리."

'우, 우리?'

프로페셔널은 개뿔, 진짜 배우나 지키라 그래! 민호는 홀린 듯 반사적으로 고개를 끄덕였다.

"그래야죠. 스위스 경치가 끝내준다던데."

유럽의 이국적인 장소를 배경으로 서은하와 단둘이 데이트하는 그림. 민호는 상상만으로도 흐뭇해졌기에 반드시, 기필코 시간을 낼 만한 방법을 찾아야겠다는 생각이 들었다.

2주 먼저 출국하게 된 서은하와 즐거운 대화를 나누다 보니 어느덧 오전 10시가 다 되어갔다.

"가볼게요. 회의 잘하세요, 민호 씨."

"은하 씨도 촬영 잘해요."

"으휴, 프랑스어 발음이 계속 연습하는데도 꼬여요. 민호 씨처럼 깔끔하게 안 되네요."

민호를 부럽다는 듯 바라보던 서은하는 싱그러운 눈웃음으로 손을 흔들고 복도 저편으로 사라졌다.

3층의 공용 회의장 문 앞에 선 민호는 호흡을 가다듬으며 긴장을 풀었다. 발표할 거리는 다 머릿속에 있고, 굵직한 부서가 산재해 있는 대형 기획사인 만큼 가수 2명뿐인 레이블의 비중은 크지 않다고 자기 자신에게 적극적으로 어필했다.

"걱정 마십시오. 부사장님은 무척 가족적이라고 소문난 분입니다."

한 뭉치의 자료를 나눠 들고 있던 공 매니저의 말이 민호의 부담을 조금이나마 덜어 주었다.

문을 열고 들어서자 부사장이 앉을 중앙을 기준으로 이사진과 실무진으로 나뉜 U 자 형태의 자리 배치가 보였다. 민호의 자리는 당연히 실무진 쪽. 공 매니저는 실무진 뒤편에 있는 간이 의자에 자리했다.

"안녕하세요, 안 실장님."

민호는 음반부서 담당 실장 안칠호의 옆에 앉으며 주위의 실장들에게 고개 숙여 인사했다. 패션 담당 실장 윤태백이 입가에 웃음을 띤 채 물어왔다.

"민호 씨. 윤이설 씨 앨범 대박 났다면서요? 잡지 인터뷰 같은 거 엄청 들어오는데 민호 씨한테 말해야 윤이설 씨 섭외 가능한 거죠?"

"일단은 그렇지만, 이설이가 승낙하면 다 돼요. 경험이 없으니까 간단한 패션 촬영 위주로 부탁해요."

"그러죠. 그나저나 안 실장한테 얘기 듣고 깜짝 놀랐잖아. 민호 씨가 이렇게 능력자일 줄이야. 임 사장님도 혜안이 장난이 아니셔. 척 보고 일 맡긴 거 보면."

윤 실장의 말에 안 실장이 헛기침하며 말했다.

"그 얘기는 부사장님 앞에서는 자제해 주세요."

"뭐야, 너 부사장님 라인이냐?"

"전 중립입니다. 선배님은 아니시잖아요."

"알았다, 알았어."

윤 실장은 껄껄 웃으면서도 민호를 보며 엄지를 치켜들어 보였다.

10시 정각이 되자 부사장 이윤국이 회의실 안으로 들어왔다. 사십 대 초반의 중년 남자. 번들거리는 이마 위쪽으로 밀어버린 건지 원래 없는 건지 머리카락이 하나도 없었다. 그냥 보면 평범해 보일 외모가 그 때문에 선이 굵어 보였다.

"다들 와 계셨네요. 바로 진행하죠."

이윤국이 자리에 앉고, 회의가 시작됐다.

민호는 광고, 영화, 드라마, 예능, 패션, 음반으로 이어지는 회의 순서의 가장 마지막이었기에 한동안 잠자코 각 부서 실무자들의 발표를 들었다.

한창 드라마를 찍고 있는 한류스타 '차승호'의 광고 프로모션 계획이 발표되자, 광고 담당 실장도 자리에서 일어나 합류했다.

'분위기는 괜찮은 것 같은데?'

무난하게 진행되던 회의에 민호가 안도하고 있던 그때, 이윤국이 발표 도중에 손을 들어 올리며 물었다.

"차승호 씨의 드라마에 KG도 상당한 지분을 투자한 걸로 알고 있는데, 정작 크랭크인하고 KG의 주가는 하락세에 접어들었네. 아직 방영도 안 된 드라마에 대한 기대감이 없다는 거지. 이 드라마의 작가, 연출자. 신뢰할 만한가?"

지 실장은 부사장의 지적에 바로 대답했다.

"방영되면 평가는 달라질 겁니다. 이 작가님이 사회 문제를 꼬집는 걸로 마니아층에서 인기가 있는……."

똑똑.

이윤국이 탁자를 짧게 두 번 두드리자 지 실장이 말을 멈췄다.

"지 실장. 명배우가 감탄할 만한 연기를 펼치는 드라마가 흥행까지 잘된 경우가 얼마나 되지? 잘해야 '마니아층에 화제'라는 기사만 뜨고 그만 아니던가? 대본에 구멍이 송송 뚫렸더라도 가볍고, 누구나 부담 없이 볼 수 있는 드라마가 더 인기 끌기 쉽지 않겠어?"

부사장의 깐깐한 지적에 회의장 분위기가 삽시간에 얼어붙었다. 민호는 고개를 돌려 공 매니저를 향해 '가족적이라면 서요?' 하는 의문의 눈빛을 보냈다. 공 매니저도 영문을 모르겠다는 표정으로 부사장을 살피는데, 윤태백과 안칠호의 대화 소리가 민호의 귓가에 들어왔다.

"지 실장 말이야. 임 사장님 지시받아서 저 드라마 추진했잖아. 호랑이가 집을 비우니 늑대가 왕이라 이건가? 이사들도 죄다 가만히 있는 거 봐."

"그런 것 상관없이 지적할 거리가 있으니 지적한 거겠죠."

"광고랑 영화는 그냥 넘어갔잖아. 두 실장 명백히 부사장님 라인인데."

회사 내부의 관계에 대해서는 잘 모르는 민호였으나, 임소희의 추진으로 레이블을 만들고 그 실적 발표를 앞두고 있었기에 걱정이 한 아름 생겨나지 않을 수가 없었다.

'어쩌지?'

드라마 부서의 순서가 끝나고 예능 쪽 발표가 이어졌다. 그중에는 '더 스마트', '메디컬 24시', '청춘일지'에 출연해 인지도 급상승 중인 민호의 이야기도 나왔다.

이윤국의 시선이 이때 민호를 잠시 향했다. 민호는 담담한 표정으로 눈인사를 건넸으나 속으로는 잔뜩 긴장한 채였다.

한 시간이 훌쩍 지나, 음반부서의 아이돌 관련된 보고가 끝나고 민호의 차례가 왔다.

'크으.'

이윤국이 회의 내내 임소희가 추진한 사업에 대해서 하나같이 조목조목 따지고 들어왔기에 민호는 암담한 심정이 되어 자리에서 일어났다.

공 매니저가 같이 일어나 들고 있던 자료를 민호에게 넘겨주었다.

"매니저님."

"힘내세요, 민호 씨."

약간은 울상이 된 민호에게 공 매니저는 미안하다는 표정을 지었다. 평소 회사에서 자주 마주칠 수 없는 부사장이기에 성향 파악을 제대로 하지 못한 책임을 통감하는 모습이었다.

"레이블은 잘 돌아가고 있으니 자신감을 가지세요. 아, 참."

공 매니저는 이렇게 말하다 갑자기 생각났다는 듯 품속에서 무언가를 꺼냈다.

"어?"

민호는 공 매니저의 손에 들려 있는 매우 매우 익숙하고 반가운 만년필을 보고 눈이 휘둥그레졌다. 공 매니저가 만년필을 민호에게 건네며 물었다.

"사장님께서 이게 있으면 민호 씨가 힘낼 거라고 하시더군요. 징크스 같은 게 있다던데 사실입니까?"

"있죠, 징크스. 아주 심해요."

'더 스마트' 촬영이 있는 월요일에만 빌려 왔기에 금요일인 오늘은 생각지도 못하고 있던 물건이었다.

민호는 만년필을 손에 쥐고 자신감 어린 눈빛으로 발표석에 섰다. 이것과 함께라면 이윤국에게 논리적으로 밀릴 리 없다. 임소희만큼 목표가 명확하고 그에 따른 계산이 철저한 인물은 본 적이 없으니까.

"KG 산하 레이블 '스타피스'의 사업 보고와 계획 발표입니다."

민호의 음성에 노트북과 연결된 빔프로젝터 화면에서 윤

이설의 음원 순위 그래프가 올라왔다.

"레이블의 첫 앨범, '나의 스무 살'은 발매 후 차트를 독식하다 지금은 10위권 내에 3곡을 올린 상태로, 장기 흥행하는 음원의 지표를 따라가고 있습니다."

발표 도중에 만년필이 슥 움직여 자료로 들고 온 문서에 무언가를 적었다. 흘끔 내려다본 민호가 덧붙였다.

"신인이 이 정도의 판매량을 보인 것은 매우 드문 케이스이며, 이전에 같은 방식을 보였던 '버스킷버스킷', '악동남매'의 음원 순위를 따라간다고 가정했을 시, 타사의 신인 대비 1,050%의 매출 향상이 기대됩니다."

민호는 만년필로 인해 그 아래 새롭게 적어 놓은 내용을 보고 고개를 갸웃하면서도 괜찮은 내용 같아 이어서 말했다.

"동영상 전문가를 영입해 따로 채널을 만든 사이트입니다. 보시면 음원 사이트처럼 새 영상이 업로드 될 때마다 적게는 십만, 많게는 백만 가까이 조회수가 올라갑니다. 광고 수익도 챙기며 홍보까지 하는 선순환 구조죠. 그리고 이번에 새롭게 올라온 동영상."

민호는 듀엣곡을 부르고 있는 윤이설과 이상건의 영상을 가리켰다.

"윤이설과 콜라보레이션했다는 것만으로 조회수가 월등히 높습니다. 저희 레이블은 음악을 좋아하는 뮤지션이라면 누구든지 이렇게 자유롭게 함께할 수 있는 것이 장점이죠. 이것이 대중들에게는 매력적으로 느껴지는 것이고요."

임소희의 계산은 콜라보로 홍보와 수익을 극대화하는 것이었으나, 민호는 오로지 윤이설과 노래해야만 자신이 프로듀싱해 줄 수 있음을 알았기에 더 덧붙이지는 않았다.

"출발이 좋군."

여기까지 끝냈을 때 부사장이 입을 열었다.

"강민호 씨가 KG의 기대주 역할을 톡톡히 해내고 있다는 소식은 들었네. 예능 봤는데 활약이 좋더군. 그런데 이 질문은 소속 연예인이 아닌 앨범 제작자로서 대답해 주게. 요즘 나오는 절대 다수의 신인은 인기를 끌어도 그때뿐. 대중의 관심을 소비하고 사라지지. 윤이설 씨가 원 히트 원더로 끝나지 않으리라 자신하나?"

민호는 지체 없이 대답했다.

"윤이설은 아티스트입니다. 그녀는 언제나 그녀의 음악을 할 테죠. 반짝스타? 그녀가 대중들이 좋아할 만한 노래를 만들 수 있도록 유도하고, 상업적인 면을 담는 건 이곳 모두의 역할입니다. 저도, 부사장님도 KG의 스테프이니까요."

머릿속에 외워두기만 했던 말이 조목조목 조리 있게 흘러나왔다. 태반은 임소희의 애장품에서 받은 영향 때문이지만, 지금은 그것보다 소속 가수인 윤이설이 안 되길 바라는 듯한 부사장의 말이 민호의 심리를 자극했다.

민호는 윤이설의 무대 영상이 무음으로 흘러나오고 있는 화면을 가리켰다.

“그러니 저도 물어보겠습니다. 아무 홍보도 없이 저런 성과를 내어 인기를 끌고, 노래의 매력만으로 대중들의 사랑을 받고 있는 윤이설이 앨범 하나 내고 사라질 가수가 될 것 같으십니까?”

민호의 물음에 실장들보다 놀란 건, 회의 내내 눈치만 살피고 있던 이사들이었다.

이윤국은 싱긋 웃었다.

“나는 잘 모르겠어. 내 전문 분야가 아니라. 내가 봤을 때는 자네가 있기에 ‘스타피스’가 존재하는 것 같군. 이 앨범 발표 직후 주가가 상승하기도 했고. 3분기 주주총회에서 가장 이슈화시키기 좋은 성과야. 좋아, 그럼 이 자리에서 결정하지. 어차피 이사들 다 모여 있으니.”

이윤국이 이사들을 향해 물었다.

“강민호 씨를 ‘스타피스’레이블의 대표와 겸해서 음반부서의 부실장으로 임명하는 안건을 상정하겠네. 아무래도 권한이 있어야 일을 제대로 할 수 있을 거야. 강민호 씨가 음반부서에서 해줄 일이 무궁무진할 테고. 구두로 하지. 승낙하는 사람?”

이사들이 모두 손을 들어 올렸다.

'뭐, 뭐, 뭐라고?'

민호는 신음을 삼켰다. 이러려고 발표를 열심히 준비한 것이 아닌데…….

회의가 끝났다.

"……."

멍하니 회의실에서 걸어 나오던 민호가 이윤국과 마주쳤다. 이윤국은 웃으며 손을 내밀었다.

"반갑네. 정식으로 인사하지. 영화계 출신이라 그쪽 일을 주로 하고 있네. 앞으로도 종종 보세나."

악수를 나눈 뒤에 이윤국이 사라졌다.

만년필에 담겨 있는 지식이 뒤늦게 일깨워 주었다. 부사장이 비록 깐깐해도 실리를 잘 따지기에 겉으로는 사내 라이벌인 척 구는 임소희가 마음에 들어 하는 인물이라는 것을.

"민호 씨~ 부실장 직급이라니. 이제 저보다 상사가 되셨습니다. 하하!"

활짝 웃으며 다가온 공 매니저는 예의 '믿었습니다'라는 얼굴로 민호를 칭찬하기 바빴다.

혹 떼러 갔다가 쌍 혹이 되어버려 한숨짓던 민호는 만년필을 물끄러미 바라보다 말했다.

"오늘 스케줄은 더 없죠?"

"네. 숙소로 돌아가시겠습니까?"

"아니요, 인사동에 들려보려고요."

기왕 스케줄과 상관없이 만년필을 빌리게 된 것, 오래된 물건의 메카 인사동 중고시장을 들러 봐야겠다. 지방의 경매장에서 만났던, 애장품을 들고 있던 원유훈이란 분도 만나봐야 하고.

'서울 골동품이라고 했었나?'

민호는 PD들과 회동이 있다는 공 매니저를 먼저 보낸 뒤, 스타피스 작업실에 들려 이상건에게 발표 잘 끝났다는 얘기를 들려주었다.

"부실장? 그러면 앞으로 안 실장님에게 얘기 안 하고 너한테 해도 되는 거야?"

"아니요, 형. 그건 일만 복잡해질 것 같고요."

잠시 만년필을 쥐고 생각에 잠겨 있던 민호가 이상건을 바라보며 말했다.

"형이 스타피스의 제작부장을 맡아주세요."

"제작부장? 그게 뭐야?"

"안 실장님에게 얘기 안 하고 형 혼자 마음껏 음악 할 수 있는 직급이요."

더불어 부실장의 직급에 따라오는 음반 관련 실무를 일차적으로 담당해 줄 포지션이었으나, 민호는 이것을 덧붙이진 않았다. 실력 좋은 뮤지션들을 다수 알고 있는 발 넓은 이상건이라면 스타피스의 차기 대표로도 안성맞춤이었다.

"그래도 돼?"

"그럼요, 제가 대표잖아요."

"대리가 아니라?"

"……네."

반쯤은 포기한 듯한 민호의 표정에 이상건은 빙긋 웃었다.

"저 일 있어서 이만 가볼게요."

"그래, 발표하느라 고생했어."

인사를 끝마친 민호는 1층으로 내려가기 위해 엘리베이터 앞에 섰다. 종로 쪽은 주차하기도 마땅치 않고, 택시를 타고 홀가분하게 다녀올 생각이었다.

딩동.

문이 열렸다. 민호는 엘리베이터 안쪽에서 서 있던 한 여인을 보고 멈칫했다. 마스크와 선글라스, 모자를 착용한 상대의 외형은 실로 범상치 않았다.

얼굴은 가리고 있으나 나와야 할 곳과 들어가야 할 곳의

굴곡이 환상적인 그녀의 몸매가 민호의 시선을 강하게 잡아끌었다.

'어라?'

그러고 보니 체구라든지 겉으로 풍기는 분위기가 익숙했다.

"소라니?"

민호의 물음에 오소라가 화들짝 놀라 등을 돌렸다.

"아닙니다."

목소리를 낮게 깔고 눈을 피했으나 자칭 아이돌 전문가 민호의 눈썰미는 그녀의 뒤태를 보자 확신을 하고 말했다.

"뭐하는 거야? 그리 감싼다고 모를 것 같아?"

"으이그."

오소라는 한숨을 푹 쉬고 민호의 손을 잡아끌었다. 민호가 엘리베이터에 끌려 들어오는 사이, 복도 저편에서 직원 하나가 "잠시만요!" 하며 달려왔다. 오소라는 "다음 거 타세요, 황 코디님"이라고 얘기하며 닫힘 버튼을 연타했다.

"왜 그러는데?"

"이제 메이크업 지우고 퇴근하는 거예요. 몰래 나가려고 했는데 어쩜 딱 마주쳤네."

정오 무렵의 퇴근길이라면 아침까지 촬영했다는 소리였다. 거기다 아는 사람 마주치는 것이 싫은 상황이라면…….

"눈이 많이 부었나 봐?"

"엄청요."

"너 쌍꺼풀이 없어서 눈 퉁퉁 부으면 되게 귀여워. 자신감을 가져."

어깨를 탁탁 두드리며 칭찬하던 민호는 선글라스 너머로 찌릿한 오소라의 시선이 느껴져 피식 웃었다. 평소에도 쌩얼을 보여주고 싶지 않아 하는 그녀인데 피곤함에 절어 있는 모습이라면 당연히 감출 법했다.

"청춘일지 어제저녁에 끝났을 거 아니야. 그리고 스케줄 또 있었어?"

"후속곡 뮤직비디오 촬영이요."

"밤새?"

고개를 위아래로 끄덕이는 오소라의 동작은 어째 힘이 없어 보였다.

"고생이 많구나."

"그래도 둘째 날 촬영은 오빠 덕분에 간단했어요. 도진 오빠가 자유이용권 받아 들고 아주 입이 딱 벌어져서 '민호 고정시켜!' 이러면서 난리도 아니었죠."

"그거 안 하려고 열심히 한 거야."

민호는 싱긋 웃었다. 마주 웃던 오소라가 물었다.

"오빠는 어디 가는데요?"

"인사동."

"거기서 촬영 있어요?"

"아니, 개인적인 일이야."

지하 주차장으로 향하고 있던 오소라는 1층에 엘리베이터가 멈춰 서자 민호에게 물었다.

"저희 숙소가 종로 근처인데 가는 길에 태워 드려요?"

"그럴까?"

민호는 여 아이돌 그룹, 펑키라인이 타고 있는 밴의 뒷문이 열리자마자 움찔 놀랐다. 다른 멤버들이 의자에 앉아 죄다 기절해 있었기 때문이었다.

"어머, 얘들이 진짜."

오소라는 밴에 올라탄 직후 입을 벌린 채 자고 있던 민시영의 얼굴에 자신의 마스크를 얼른 씌워주었다. 민시영이 칭얼대며 고개를 흔들었다.

"우웅. 갑갑해."

"일어날 거 아니면 그냥 자. 나중에 쪽팔리지 말고."

"음냐, 음냐~"

민시영이 다시 잠속으로 빠져들었다. 오소라의 동작은 여기서 끝나지 않았다. 뒷좌석의 두 동료에게 신속히 선글라스와 모자를 씌워 임시 보호를 끝냈다.

"휴, 들어와요."

보통은 절대 이렇지 않다는 듯 애써 담담한 미소를 짓고 있는 오소라. 정작 그녀는 퉁퉁 부어 눈동자가 잘 보이지 않는 두 눈이 고스란히 노출되었기에 민호는 웃음을 참으며 중간 자리에 앉았다.

"괜찮아, 아이돌도 사람인데. 너한테 단련됐더니 저 정도는 애교……."

"오빠."

으득.

"지금 본 거 기억에서 싹 지워요."

스모키한 화장을 지웠어도 오소라의 눈빛은 살아 있었다. 민낯 얘기를 할 때만큼은 엊그제 동물원에서 마주친 야생의 눈길이 되어버리는 그녀기에 민호는 헛기침하며 고개를 돌렸다.

오소라는 가방에서 선글라스를 하나 더 꺼내 착용했다. 그리고 옆에 주차된 스타일리스트의 차량을 향해 외쳤다.

"금호 오빠! 저희 다 왔어요. 그만 떠들고 와요!"

민호는 매니저가 오길 기다리며 천천히 오소라의 옆모습을 지켜보았다. 가까이에서 본 그녀는 뽀송뽀송한 무결점의 아기피부를 뽐내고 있었다. 그 아래의 남심을 자극하는 바디라인만 아니라면 섹시가 아니라 청순이 떠오를 만큼 분위기가 달랐다.

'자주 봐서 그런가?'

화장을 지운 오소라가 나름 귀엽고 예쁘다는 느낌이 들자 민호는 고개를 휘휘 저었다.

철컥.

밴의 운전석 문이 열렸다.

"미안, 미안. 출발하자."

펑키라인의 매니저 이금호는 살집이 좀 있는 사내였다. 벨트를 착용한 그는 중앙에 민호가 자리해 있는 것을 보고 눈을 크게 떴다.

"이게 누구야? 강민호 씨도 계셨네요."

"안녕하세요."

민호의 인사에 이금호도 반갑다는 표정으로 화답했다.

"금호 오빠, 가다가 민호 오빠 인사동 입구에서 좀 내려 줘요."

"오케이."

밴이 출발했다. 이금호는 백미러로 민호를 쳐다보며 말했다.

"소라한테 얘기 많이 들었습니다."

"얘기요?"

"못 하는 게 없는 능력자시라고. 광고 촬영 때 쓰러졌는데 그때도 민호 씨가 잘 보살펴 줬다면서 아주…….”

오소라는 ‘얘기하지 마!’라는 강렬한 의지가 담긴 눈빛으로 고개를 흔들었다. 백미러로 그것을 확인한 이금호는 차후 옆구리를 꼬집히거나 등짝을 마구 얻어맞을 위험이 있었기에 간결히 정리했다.

“……고마워했더랬죠.”

“아, 그 일이요.”

민호는 지난번 일을 떠올리고 오소라에게 고개를 돌렸다. 매니저에게 잠자코 운전만 하라고 주먹을 들어 협박까지 하고 있던 오소라가 황급히 팔을 내렸다.

오소라의 손끝에 흘끔 시선을 둔 민호가 물었다.

“너 밥은 제대로 먹고 다니냐? 손 떨리거나 그러지는 않고?”

“이젠 관리 철저히 해요.”

밴이 주차장을 나와 대로변에 진입했다.

민호는 창밖을 물끄러미 내다보고 있는 오소라에게 자꾸만 눈길이 갔다. 인기가 상승하면서 살인적인 스케줄을 소화하고 있는 아이돌의 나날. 결코 쉽지 않은 일이다. 그러면서도 강한 척, 아무렇지 않은 듯 지내는 것은 그때나 지금이나 다름없었다.

“너 저녁에 일어날 거지? 밥이나 같이 먹을까? 단백질 빵

빵한 장어 같은 걸로.”

별생각 없이 던진 민호의 말에 오소라가 화들짝 놀라 고개를 돌렸다.

“둘이서요?”

“그럼, 둘이서.”

“그건…….”

자느라 정신없는 멤버들의 눈치를 살피던 오소라가 입에 손을 올리고 작게 대답하려는 찰나.

“강민호?!”

뒷좌석에서 눈을 뜬 민시영이 민호를 보고 놀라서 소리쳤다. 민호는 격하게 반응해 주는 민시영에게 웃으며 인사했다.

“안녕, 가는 길에 잠깐 얻어 탔어.”

“오빠! 되게 오랜만이에요.”

“응.”

대화를 나누던 민시영은 자신이 마스크를 쓰고 있음을 확인하고, 남자 앞에서 화장도 없이 민낯을 드러내고 있었다는 사실을 뒤늦게 알아챘다. 민시영이 “끼약!” 하는 비명과 함께 얼굴을 두 손으로 가렸다.

이 소란스러움에 가장 후미에 있던 두 사람도 눈을 떴다.

“안녕~ 김하니랑 채성경 맞지?”

민호는 지나가다 몇 번 봤을 뿐, 다른 멤버들과 정식 통성

명을 한 것이 아니기에 손을 흔들어 인사했다. 그를 확인한 후미의 두 사람이 놀라서 외쳤다.

"HMG다!"

"어머, 어머. HMG가 소라 언니 옆에 앉아 있어."

민호는 'HMG'가 뭐냐는 눈길로 그녀들을 바라보았다. 대답이 없기에 오소라한테 고개를 돌리는데 그녀가 선글라스를 머리 위로 올리고 '입 닫아!'라는 무시무시한 눈빛으로 뒷좌석을 직시하고 있는 것을 발견했다.

"HMG가 뭐야?"

콧노래를 부르며 운전 중이던 이금호가 민호의 물음에 대수롭지 않다는 듯 대답했다.

"민호 씨 이니셜 거꾸로한 거잖아요. 소라가 다이어리에 적어 놨다가 들켜서 민호 씨 별명처럼 부르는……."

으득.

"다들 조용히 해—! 이제부터 한마디만 해봐!"

빰이 확 붉어진 오소라의 포효에 차 안은 삽시간에 겨울왕국이 되어 찬바람만 쌩쌩 날렸다.

인사동 거리로 들어가는 대로변.

"고마워요."

밴에서 내린 민호가 매니저에게 인사했다. 어째 침울해 보이는 오소라에게도 손을 흔들며 말했다.

"나중에 전화할게. 푹 쉬어."

"잘 가요."

무뚝뚝한 그녀의 목소리에 이어 펑키라인 다른 멤버들의 활기찬 인사가 날아들었다.

"잘 가세요, 민호 오빠!"

"다음에 또 봬요!"

센 언니들 콘셉트로 인기를 얻고 있는 펑키라인은 자세히 보면 스물 초반의 풋풋한 아가씨들이었다. 물론, 하나같이 몸매가 훌륭했기에 그 풋풋함이 많이 가려지긴 했지만 말이다.

'아이돌 밴도 같이 타보고. 출세했네, 나.'

씩 웃은 민호는 사람들로 북적거리는 거리에 시선을 던졌다. 오면서 검색해 본 바로, '서울 골동품'은 화랑과 고미술 전문점이 밀집한 외곽 쪽에 자리해 있었다.

민호는 기념품 가게와 식당가가 즐비해 있는 거리를 지나 사람들의 왕래가 거의 없는 골목에 도착했다.

'저기네.'

벽면에 구식 타일이 붙어 있어 현대식으로 지어진 상점들보다 촌스럽다는 느낌이 드는 건물. 민호는 단박에 발견하고 걸어갔다.

-골동품 무료상담, 고가매입.

입구의 목판에 적혀 있는 글귀를 본 민호는 부푼 기대를 안고 문을 밀었다.

따랑~

민호가 들어서며 불어온 약한 바람에 천장에 매달려 있던 풍경이 청량한 음을 내며 흔들렸다.

"어서 오십시오, 손님!"

계산대의 점원이 민호에게 인사했다. 안에는 한산한 거리와는 달리 구경하는 손님의 인원이 상당했다.

'의외로 골동품에 취미가 있는 사람이 많나 봐.'

민호도 곧 다른 손님들처럼 사방을 구경하기 시작했다.

유약의 천연색감이 매력적인 도자기. 전통의 느낌이 물씬 풍겨 나오는 한국화. 거기에 유화 색채가 가미된 현대적인 감각의 서양화까지. 시대별 물품이 진열대에 가지런히 정리되어 놓여 있는 가게 안의 정경에 민호의 눈이 마구 돌아갔다.

'흠, 애장품이나 유품은 안 보이네.'

할아버지와 아버지가 왕년에 이곳에 들러 전부 쓸어가 버렸다는 이야기가 새삼 떠올랐다.

은은한 빛이 어린 물건이 없는지 가게 안을 천천히 둘러보던 민호는 일제강점기 시대의 구식 철제 도구들이 가득한 구역에 우뚝 멈춰 서고 말았다.

'뭐야? 왜 바닥에…….'

구석진 곳의 목재 바닥에 은은한 빛이 어려 있었다. 재빨리 다가가 바닥을 발로 두드려 보니 안쪽 공간이 비어 있는 듯한 소리가 들려왔다.

안쪽이 애장공간임을 직감한 민호는 그대로 쭈그려 앉아 손을 댔다. 바닥에 어려 있던 빛이 흡수되듯 사라졌다.

–수집의 기본은 장르를 구별하지 말고 무엇이든 모으는 습관이지. 그것이 쌓이고 쌓여야 상대의 취향과 종류가 무엇인지 척 보면 알 수 있는 법인 게야.

민호의 머릿속으로 그림을 사들이고, 꼼꼼히 사진을 찍고, 그 작가에 대한 자료를 만드는 정성을 기울이고 있는 어떤 노인의 얼굴이 스쳤다. 이곳을 운영하는 원유훈이 아니었기에 고민하는 사이 또 다른 추억이 떠올랐다.

–선생님, 저는 발품 팔아서 딱 필요한 소장품만 살 겁니다. 누구든 사고 싶어 안달이 날 만한 물건으로 말입니다.

주판알을 튕기고 있는 원유훈의 젊은 시절 모습.

민호는 그제야 저 애장공간이 원유훈의 스승인 사람의 공간이고, 지난번에 얼핏 보았던 원유훈의 애장품은 손바닥만

한 주판이었음을 깨달았다.

'일단 애장품 두 개는 확실히 발견한 건가?'

이 공간에 어떤 능력이 어려 있을지 궁금증을 느끼며 고개를 돌린 민호는 한창 점원에게 설득당하고 있는 대머리 남성에게 시선이 머물렀다.

거무튀튀한 철통을 손에 든 점원이 일장연설을 시작했다.

"이거 소장가치가 말로는 계산이 안 되는 물건입니다. 윤봉길 의사 아시죠? 도시락 폭탄. 1932년, 그 당시에 국내에 반입된 철재 도시락 통이 10개인데 이걸 전부 독립투사들이 구매했습니다. 이것이 그중 하나. 윤봉길 의사의 손이 닿을 수도 있던 물건이라 이거죠."

"저런, 저런. 그렇게 귀한 물건이라고?"

"선생님은 단골이시니까 특별히 싸게 드릴게요. 백 장짜린데 팔십 장만 주세요."

이십 대 후반으로 보이는 점원의 말에 중년 남성은 상당히 혹한 듯 보였다.

민호는 저 철제 도시락 통의 감정가가 머릿속에 그대로 떠오르자 속으로 혀를 찼다. 32년도에 사용하던 물건은 맞으나 저런 배경이 있는 물건이 아니었다. 그 시절 굴러다니던 오래된 도시락통에 그럴듯한 사연만 덧입혔을 뿐인데 10만 원 안팎의 물건이 무려 8배나 뛰었다.

머리가 팽팽 돌아가야 덤터기를 쓰지 않을 것이라던 아버지의 경고가 피부로 느껴지는 순간이었다.

"잘 생각해 보고 답 주세요."

살까 말까 고민 중인 중년 남성을 뒤로한 채, 점원이 먹잇감을 노리는 듯한 시선으로 민호에게 다가왔다.

"그릇 종류를 찾고 계신 건가요?"

바닥에 손을 대느라 쭈그려 앉아 있던 민호의 앞에는 놋쇠그릇이 한 가득이었다. 민호는 고개를 저으며 자리에서 일어났다.

"그냥 구경 중이었어요."

"따로 찾으시는 것이라도?"

민호는 손바닥에 묻은 먼지를 털며 점원에게 말했다.

"강민호라고 합니다. 원유훈이란 분 소개로 왔어요."

원유훈을 이야기 하자 점원의 눈빛이 달라졌다.

"삼촌은 잠깐 요 앞 갤러리에 가셨어요. 금방 오신다고 하셨는데."

"그러면 구경하면서 조금 기다리고 있을게요."

"뭐 도와드릴까요? 이 안에 있는 모든 물품이 이 머릿속에 있답니다."

호구 손님을 등쳐 먹기 위해 다시 친절한 미소가 되어버린 점원. 민호는 이 애장공간에 어떤 능력이 있는지 좀 더 확인해 볼 겸 말했다.

"여기 이 황금 조각 말인데요. 이건 뭐죠?"

고급스러운 오동나무 판 위에 올라와 있는 손톱만 한 크기의 금 부스러기. 애장공간에 영향을 받은 지식이 근대화 초기 부호가 실제로 사용했던 금이빨이라고 알려주고 있었다.

"아, 그거요!"

점원은 어마어마한 보물이라도 된 것마냥 오동나무를 들고 민호의 앞으로 다가왔다.

"깜짝 놀라실 겁니다. 1945년 8월 6일. 히로시마 원폭 아시죠? 그 당시 그 근처에 살고 있던 은행장 '혼도 나카토'가 착용했던 이빨인데, 그분의 시체가 방사능 후폭풍에 휩쓸려 재가 되고 이것만 남았습니다."

민호가 황당하다는 표정을 지었으나 점원은 이에 개의치 않고 휴대용 방사능 측정기를 황금 조각에 들이댔다. 지직거리는 소리와 함께 방사능 수치가 다르다는 사실을 확인시켜 준 뒤에 말을 이었다.

"보셨죠? 핵폭발에서 살아남은 금이빨 맞아요. 본래 금 시세에 딱 큰 거 한 장만 더하면 가져가실 수 있습니다."

역사학적으로 40~50년대의 보철기술을 알아보는 것이 전부인 금조각. 당연히 백만 원의 프리미엄이 붙을 가치는 없었으나 점원은 거기에 기상천외한 신빙성을 더해 손님을 혹하게 하는 기술에 출중했다.

"이거 한번 보시겠어요?"

민호가 떨떠름한 표정을 지었음에도 점원은 개의치 않고 옆에 놓인 구식 권총을 가리켰다. 이 역시 안중근 의사가 쌍권총으로 사용할 뻔한 물건으로 둔갑하여, 그 당시 화약까지 덤으로 준다는 말을 들었다.

'눈 뜨고 코 베어 가겠구만.'

물건에 그럴싸한 사연을 덧입혀 그것을 구매할 법한 이에게 판다. 민호는 이것이 애장공간의 주인이 가진 기술 중의 하나와 흡사함을 깨닫고 점원에게 물었다.

"혹시 스승님이 계신가요?"

"어? 김일룡 선생님도 아세요?"

"따로 뵌 적은 없는데 말씀은 들었어요."

민호는 김일룡이란 이름을 듣자마자 애장공간에 시선을 두었다. 아무래도 저곳에 값어치가 높은 물건이 있을 것만 같았다.

그사이 철제 도시락을 고민 중이던 대머리 남성이 다가왔다.

"이거 사겠네."

"탁월한 선택이십니다. 영수증 뽑아 올 테니 잠시만 기다리세요."

점원이 계산대 쪽으로 움직였다.

남 물건 파는 데 왈가왈부할 건 아니지만, 민호는 자신에게도 덤터기를 씌우려던 점원의 태도가 못마땅해 말했다.

"그 당시 임시정부는 상하이에 있었고, 물자도 전부 중국에서 수급했어요. 국내에 도시락통이 굴러다니든 말든 윤봉길 의사와는 별반 상관없었을 테죠."

대머리 남성이 벙찐 표정으로 민호를 보았다.

"1930년대 일본의 도시락통 제조기술을 확인해 보고 싶으시다면 비싸게 사셔도 괜찮겠지만, 지금 저것의 가치는 10만 원 정도예요."

대머리 남성은 철제 도시락통을 선반에 내려놓고 바로 계산대로 다가가 점원에게 소리쳤다. 다 잡았던 물고기가 혀를 끌끌 차며 밖으로 사라지자 점원이 당황한 얼굴이 되어 다가왔다.

"손님, 그렇게 말씀하시면……."

"제가 틀린 말 했나요?"

민호가 되물었다. 쉽게 상대할 손님이 아니라는 것을 알아차린 점원은 꿀 먹은 벙어리가 되었다.

"핵이빨이니 안중근의 쌍권총이니. 이런 말도 안 되는 사연 말고 진짜 사연이 담긴 물건은 없어요? 보면 딱 사고 싶어지는. 가격은 신경 쓰지 말고 얘기해 보세요."

"자네가 찾는 건 여기 없을 거야. 영태는 아직 지하창고에 들어갈 급이 안 돼서 말이네."

등 뒤에서 들려온 목소리에 점원이 고개를 돌렸다.

"삼촌!"

정갈한 양복. 인상은 평범하나 눈에 생기가 흘러넘쳐 정력적으로 보이는 사내가 다가왔다. 영태라 불린 점원이 사내에게 쪼르르 다가갔다.

"삼촌, 이분이 단골손님 하나 끝냈어요. 누구예요?"

"멍청하긴. 수 쓰려다 당했구나. 선생님 대부터 집안 대대로 거래 터온 분이야."

"지, 진짜요?"

입을 떡 벌린 영태를 한쪽으로 밀어낸 원유훈이 민호에게 다가오며 웃었다.

"윤환이 대신 쓸 만한 물건 찾아 왔군."

원유훈의 안내를 따라 들어선 '서울 골동품'의 뒷마당에는 금동불상과 층층이 쌓인 석탑, 석상 같은 덩치 큰 미술품들이 한가득 자리해 있었다.

"우와, 여긴 경주에 온 것 같네요."

"원하는 거 있으면 말하게. 크기는 저래도 자네 집 앞까지 제대로 포장해서 배달 가능하니."

쭉 훑어본 민호는 고개를 흔들었다.

"가치는 높아 보이는데 제가 찾는 건 없네요."

아직 애장공간에서 얻은 지식의 여운이 남아 있었기에 눈앞에 보이는 해태 모양의 석상이 감정가 5천만을 호가하는 물건임을 알아챘으나 그뿐. 빛이 나지 않는 고가의 골동품은 민호에게 천 원 한 장의 가치도 없었다.

원유훈은 빙긋 웃었다.

"자네도 윤환이랑 비슷한 건가?"

민호는 설마 능력에 대해 알고 있는가 싶어 고개를 갸웃했다.

"보통의 컬렉터들은 투자가치 같은 걸 따져서 물건을 소유하려는 욕심을 부리지. 그런데 윤환이는 보는 관점이 다르더군. 물건의 가치와는 상관없이 애틋한 사연이 있을수록 좋아했어."

"아마 아버지와 다르지 않을 거예요."

"그렇다면 자네가 가져갈 만할 물건이 많지는 않을 것 같군. 윤환이가 3년 전쯤에 인사동 바닥을 휩쓸어 갔거든."

"휩쓸어요?"

"다른 가게까지 전부. 뭐, 우리가 가장 많기는 하지만 말이야. 윤환이가 보유 현금이 그리 많은지 그때 처음 알았어."

원유훈이 껄껄 웃었다.

“유훈 아저씨. 그 이후로 물건 많이 들어왔나요?”

“많이 들어오기도 했고, 많이 나가기도 했고. 이 바닥이 워낙 변심이 심해서 팔았던 물건이 돌고 돌아 다시 돌아오기도 해.”

민호는 3년 사이 새로 들어온 물건이라면 혹시 모르기에 부푼 가슴을 안고서 뒷마당을 가로질렀다.

“여기서부터는 VIP만 출입 가능하지만, 윤환이 아들이니.”

지하창고로 들어가는 철문 앞에 선 원유훈이 지문인식 잠금장치에 손가락을 올렸다. 두께부터 남다른 입구는 마치 은행 깊숙한 곳에 자리한 철통같은 금고를 연상케 했다.

“한 가지 당부하자면 여기서 본 물건들 밖에서는 얘기하지 말아 주게나. 공개되면 민감한 것들이 꽤 있거든.”

‘삐빅’ 하는 음향과 함께 인증이 끝나자 두꺼운 철문이 개폐됐다.

민호는 원형 계단을 따라 내려갔다. 지하에 도착하자 가게 안에서 목격했던 애장공간의 전경이 모습을 드러냈다.

서화, 가구, 도자기, 동상…….

고미술품 컬렉터들의 눈이 뒤집힐 만한 희귀품이 즐비해 있는 장소에는 시가 1억 이하짜리 물품은 명함도 못 내밀 것들만 가득했다.

광고 계약금에 음원 커미션에 각종 출연료까지. 지갑 사정에 여유가 흘러넘치는 민호였지만, 이곳에서는 한 섹션의 진열장에 있는 것만 사들여도 거덜 날 정도였다.

민호는 구식 건물에 자리한 이 골동품점이 실상은 잘나가는 중소기업 수준의 자산을 보유 중인 곳임을 깨달았다.

"천천히 둘러보게나. 조명이 좀 어둡겠지만 이해해 주고."

고미술품 보존을 위해 내부의 빛에너지 조사량이 제한되어 있어 멀리 떨어진 물건은 어렴풋하게 보였다. 애장품의 빛을 발견하기는 더 수월할 것이기에 민호는 괜찮다는 표정을 짓고 탐색에 들어갔다.

'음…….'

안 좋은 예감은 틀린 적이 없다. 이 공간 주인의 지식으로 감정가는 바로바로 떠올랐으나 훑어본 물건 모두 은은한 빛이 느껴지지 않았다.

"살 만한 게 보이나?"

"아직이요."

민호는 고려청자 앞에 서서 아쉬움의 한숨을 지었다.

만약 저 청자를 만든 장인의 능력 같은 걸 경험하고 싶다면, 그 장인이 수도 없이 제작했을 물건이 아니라, 제작할 때 사용했던 아끼는 도구 같은 것이 있어야 했다. 아니면 저 청자가 장인이 일생일대의 노력을 들여 만든 것이라거나. 그러나 저 청자는 그 정도의 가치가 아니었다.

"목 부분을 때웠네."

수백 년 전에도 그 시절의 고가품을 위작하는 사람은 있었다. 이 청자도 가치가 떨어질까 봐 그 시절에 보수한 것이었다.

고려청자를 보며 민호가 중얼거리자 원유훈이 놀랐다는 표정으로 말했다.

"단번에 알아채는군. 감쪽같이 유약이 발라져 있어 선생님 외에는 아무도 몰랐는데 말이야."

애장공간에 들어온 이후 그 선생님의 지식을 고스란히 공유하고 있었기에 당연한 일이었으나 민호는 굳이 변명하지 않았다.

"다른 물건은 없나요?"

"장기 보존을 위해 작업 중인 물건들이 저쪽에……."

원유훈이 고개를 돌리다 '어?' 하고 놀랐다.

"선생님께서 보수작업 중이신 것 같군."

박물관처럼 전시된 넓은 공간 저편으로 옅은 불빛이 새어 나오는 방이 보였다.

"잠깐 인사드리겠나?"

"김일룡 선생님 말씀하시는 거죠?"

이 지하공간에 애정을 쏟고 있는 사람을 만나는 일이기에 민호는 당연히 고개를 끄덕였다.

똑똑.

"선생님, 유훈입니다."

원유훈이 작업실의 문을 열고 들어섰다.

뒤따라 들어간 민호는 적외선 촬영, 방사선 사진, 단층분석이 가능한 기구들이 늘어서 있는 공간에 한번 놀라고, 그것을 만지고 있는 사람에 다시 한 번 놀랐다.

개량 한복을 입고 고고한 선비 같은 기운을 풍기는 백발노인. 화선지 위에 난을 그리는 모습이 어울릴 것만 같은 그가 고가의 과학 기자재를 능숙하게 다루고 있는 것은 어딘지 어긋난 어울림처럼 보였다.

"그래, 유훈아. 손님 오셨어?"

석조 불상을 스캔해 분석 중이던 김일룡은 들어온 두 사람에 흘끔 시선이 머물렀다. 그리고 민호를 보며 의아한 표정이 됐다. 이런 VIP 공간에 오기에는 무척 어리지 않느냐는 눈길에 원유훈이 말했다.

"강정균 어르신 손자입니다."

"강가네? 아직도 일하나 봐?"

"여기 이 청년이 이어서 하는 것 같습니다."

김일룡의 '강'가(家)라는 지칭은 같은 연배인 할아버지를 얘기하는 것이었다. 민호는 김일룡을 향해 깍듯하게 허리를 숙여 인사했다.

"처음 뵙겠습니다. 강민호라고 합니다."

"그래, 민호야. 이거 얼마짜리 같아 보여?"

대뜸 물어오는 김일룡에 민호는 단층스캐너 기계 안에서 서서히 돌고 있는 석조 불상을 바라보았다.

통일신라 무렵에 제작된 것으로 보이는 미륵보살상.

안목만으로 감정하는 것은 풍부한 지식과 경험이 없으면 불가능한 일이었다. 김일룡은 이 한 번의 질문으로 민호의 식견을 가늠해 보려 들었다.

'한번 보고 안 볼 사이도 아니고.'

인사동에서 가장 오래되고 큰 골동품점인 만큼 계속해서 거래해야 할 것은 당연하다. 그렇다면 대등한 수준의 이야기가 가능하다는 사실을 인지시켜 주는 편이 낫다. 민호는 생각을 끝마치고 대답했다.

"어떻게 보존 처리를 하는지에 따라 가격이 달라질 것 같네요. 표면 침식이나 탈색은 심하지 않지만, 마모된 부분이 있어요. 유황산화물 농도도 짙고. 소형 석상에는 치명적이죠. 저라면……."

민호는 최고의 처리를 했을 경우의 가격을 떠올렸다.

"2억 3천. 팔 때는 4억 정도 부르겠죠."

김일룡이 싱긋 웃었다.

"머리를 쥐어박으며 가르쳤는데도 엄한 이빨만 놀리는 영태놈이랑은 천지 차이군."

이 말에 원유훈도 함께 웃었다. 김일룡은 다시 분석 결과가 나오고 있는 모니터에 시선을 돌리며 말했다.

"천천히 구경하다 가게. 강가네 집안에는 도통 남겨 먹질 못했으니 적당히 뒤통수 좀 맞아주고."

"네, 어르신."

원유훈이 작업실 구석의 선반을 가리켰다.

"저것들이 최근에 들어온 물건이네. 지방의 박물관이 망하면서 공매로 사온 것들인데 단원의 그림도……."

쭉 훑었으나 애장품의 빛이 없었기에 민호의 얼굴이 실망으로 물들었다. 그 유명한 김홍도의 해학 넘치는 그림들이 걸려 있음에도 감흥이 없었다. 단지 어마무시한 가격이 짐작되어 놀랐을 뿐.

민호는 그러다 작업실 입구에 쌓여 있는 박스와 원통들에 시선이 머물렀다.

"저건 뭐죠?"

"이미 팔린 그림들이긴 한데 구경해 볼 텐가?"

원통에서 나온 동양화들은 한국의 문인화가들이 만들어낸 작품들이었다. 먹으로 그려진 수묵담채화들은 하나같이 단아한 멋을 뽐냈으나 민호의 시선을 잡아끌지는 못했다.

그러던 중.

"이건 화구들을 모아 놓은 것인데……."

민호의 눈이 움찔하고 놀랐다. 원유훈이 막 개봉한 박스 안에서 주황빛이 흘러나왔던 것이다. 유품. 그것도 색이 다른 유품이었기에 민호는 한달음에 달려가 확인해 보았다.

벼루, 물통, 문진 같은 물건 사이에서 빛이 나는 붓 한 자루가 눈에 띄었다.

"아저씨, 이것도 팔린 건가요?"

박스의 윗면을 살펴본 원유훈이 말했다.

"갤러리로 가는 것을 보니 경매로 들어가는 물건 같군. 선생님, 이 화구들 서울 옥션에 넘기셨어요?"

김일룡이 원유훈의 물음에 고개를 저었다.

"정 사장이 자선경매 한다고 샀어."

"PS그룹 정수호 사장 말씀하시는 거죠?"

"어, 그 사람."

대답을 듣고 고개를 돌린 원유훈이 말했다.

"선점한 사람이 있군. 왜 이게 마음에 드나?"

"이 붓이 절 딱 사로잡네요."

민호는 영롱한 주황빛을 머금은 붓에 시선에 꽂혀 헤어 나오질 못했다.

"이게 누구 거라더라?"

원유훈은 투명한 봉투에 담겨 있는 붓을 들어 확인하더니 말했다.

"단원의 제자가 사용했다던 붓이군. 이것도 공매에서 구매한 건데 벌써 팔렸네."

"김홍도의 제자요?"

"나도 확신은 할 수 없네. 식별연도만 맞지 사실관계를 확인할 수가 없어서 애매한 가격에 샀거든. 이걸 자네가 갖고 싶다면 정 사장의 자선 경매에 참여해야 할 걸세."

"어디서 하는 거죠?"

"박스에는 승암 갤러리라고 쓰여 있네만……."

원유훈이 미안하다는 표정을 지은 채 말을 이었다.

"정 사장의 지인 외에는 참여할 수 없는 비공식 경매라네. 고상한 척 굴길 좋아하는 사람들이라 신원확인이 철저할 걸세."

돌려 말하긴 했으나 상류층의 인맥이 없으면 들어갈 수조차 없는 행사라는 말이었다. 민호는 바로 이해하고 고개를 끄덕이다 PS그룹이라는 말에 퍼뜩 떠오르는 것이 있었다.

노트북 CF 모델로 활동 중인 대기업. 정수호 사장은 화끈한 액션을 강조하며 CF의 콘티를 바꾼 사람이었다. 후문으로는 대만족했다고 들었다.

상류층 행사에 능한 임소희 사장의 만년필을 들고 있었기에 참여할 수 있을 법한 방도가 바로 떠올랐다.

민호는 다시 박스 안으로 들어가는 붓을 수십 년 만에 극적 상봉한 님이 떠나가는 듯한 표정으로 지켜보았다.

'기다려. 내가 꼭 사줄게.'

민호가 지하 창고에서 올라왔을 때는 날이 어둑해질 무렵이었다. 붓을 발견한 이후, 넓은 창고 안을 꼼꼼하게 살핀 결과 은은한 빛을 띠고 있는 물건 두 개를 더 찾아냈다. 그러나 붓처럼 진한 색은 아니었다.

경매를 통해 자금이 얼마나 들어갈지 알 수 없었기에 일단 계약금만 걸어두고 수령은 다음으로 미뤄두었다.

"만족할 만한 물건이 있어서 다행이군."

원유훈이 지하 창고의 문을 닫으며 말했다. 민호는 들어왔을 때처럼 굳게 닫혀가는 문을 바라보았다.

'여긴 굳이 만년필을 들고 오지 않아도 괜찮겠는걸?'

거래와 흥정을 위해 가져왔지만, 저 안에서라면 어차피 정확한 감정가를 알고 있어 덤터기를 쓸 일이 없었다. 하지만 다른 가게라면 백 프로 뒤통수를 맞을 것이 분명했다. 고미술 거래를 업으로 삼고 있는 이들 대부분 눈치와 입심이 장난 아니라는 것을 어느 정도는 알게 됐으니까.

'나도 아버지나 할아버지처럼 단골이 돼야겠어.'

민호는 애장품과 유품 수집의 저변을 넓혀줄 이 장소가 아주 마음에 들었다.

"구경 잘했어요, 아저씨. 나중에 또 올게요."

"그래, 살펴 가게. 내가 자리를 비울 때가 잦으니 앞으로는 전화부터 하고 오게나. 영태는 봤다시피 아직 관광객들 상대밖에 못 하거든."

주판이 들어 있을 원유훈의 가슴팍에 시선이 머문 민호는 다음 방문에는 저것도 빌려봐야겠다는 생각이 들었다.

'김일룡 선생님보다는 아저씨 쪽이 성향이 맞는 거 같지?'

희귀품 위주로 수집하는 김일룡과는 다른 수집 관점을 갖고 있는 원유훈. 안에서 발견했던 하회탈과 부채 역시 원유훈이 구매해 가져다 놓은 것이었다.

'아무튼, 오길 잘했어.'

서울 골동품점 밖으로 나온 민호는 휴대폰에 공 매니저로부터 연락이 와 있는 것을 보고 얼른 통화를 눌렀다.

—민호 씨.

"공 매니저님. 알아보셨어요?"

—PS그룹 비서실에 연락해 봤는데 괜찮다고 합니다. 정 사장님 쪽도 민호 씨를 한번 보고 싶어 하셨고요.

'굿굿!'

자선 경매에 참여할 수 있다는 소식에 어깨를 들썩이던 민호에게 공 매니저의 다음 말이 날아들었다.

–그런데 말입니다. 경매 행사 전후에 있을 파티가 파트너 동반으로 진행되는 자리라, 민호 씨도 한 분 데려가셔야 할 것 같아요. 비서실 쪽에서 '강민호 외 한 명'으로 명단에 올려 두겠다는 답을 받았습니다.

민호는 파트너 동반이라는 말에 기뻐하던 표정이 붕 떠버렸다. 며칠 뒤에 있을 행사도 아니고 당장 오늘 저녁에 있을 행사였다. 급하게 데려갈 이도 마땅치 않을뿐더러 누굴 데려가야…….

"맞다."

–네?

"아니에요, 공 매니저님. 알아봐 주셔서 감사해요."

–그리고 PD님과 얘기가 잘 끝나서 윤이설 씨 데뷔 예능 스케줄이 잡혔습니다. 자세한 건 다음 주에 만나서 말씀드리겠습니다.

공 매니저와의 통화가 끝나고, 민호는 바로 파트너가 되어 줄 가능성이 농후한 여인의 번호를 찾아 버튼을 눌렀다.

33.
아트 메이커 (2)

숙소에 오자마자 잠이 들었던 오소라가 눈을 뜬 것은 오후 6시경이었다. 쪽잠만 자다 오랜만에 편한 침대에 눕다 보니 잠깐 눈을 감았을 뿐인데 저녁이 되어 버렸다.

"하아암."

이 이상 자면 다음 날 컨디션이 엉망이 되기에 늘어지게 하품을 하고 일어났다. 그러다 옆에서 세상모르고 곯아떨어져 있어야 할 룸메이트 시영의 모습이 보이지 않아 좌우를 두리번거렸다.

'얘도 벌써 일어났어?'

오소라가 거실에 나가보니 멤버들 전부 기상해 노트북 앞에 모여 앉아 있었다.

"웬일이래. 왜 다들 벌써 일어났어?"

"모처럼 쉬는 날인데 놀러 가야지."

민시영은 노트북으로 검색하고 있던 것을 화면을 휙 돌려 보여주었다.

용인에 있는 놀이공원 사진.

청춘일지 촬영 기간 동안 숱하게 돌아다녔던 곳이기에 오소라는 질색하는 표정을 지었다.

"지금 가도 많이 못 놀아. 금요일 밤인데 사람이 얼마나 많겠어? 차라리 바다나 가자."

"바다도 생각해 둔 곳이 있쥐~ 짜잔!"

화면에서 을왕리해수욕장의 반달 백사장과 병풍처럼 우거진 소나무 숲의 사진을 본 오소라는 '오오!' 하고 눈이 돌아가 노트북 앞에 합류했다.

"가자, 가자!"

폭풍 검색을 시전하며 조개구이 맛집까지 탐색을 끝내는 사이, 펑키라인의 막내 김하니가 오소라를 보며 물었다.

"언니는 HMG와 데이트 있는 거 아니야?"

"얘가. 농담이었잖아."

"그랬나?"

강민호 이야기가 나오자 채성경도 덩달아 합류했다.

"HMG는 보면 볼수록 매력 있는 거 같아. 언니가 꽉 잡

아. 그렇게 능력 좋고 자상한 데다 재밌는 남자 흔하지 않다. 안 할 거면 나 좀 소개해 주고."

"그 입 다물라."

"헤헤."

'너희가 수다스럽게 떠들어서 약속 잡는 것에 실패했다'는 원망의 눈길이 된 오소라를 보며 민시영이 고개를 흔들었다.

"뭘 잘 모르네. 남녀 관계는 자꾸 옆에서 부추겨야 없던 마음도 생기는 거야. 썸도 계속 얼굴을 봐야 타지."

지이잉.

그때, 탁자에 올려 두었던 휴대폰이 울렸다. 발신자에 강민호가 떠 있는 것을 본 오소라의 눈이 커졌다.

"어머, 어머. HMG 전화?"

"와, 소라 언니 진짜 데이트 가는 거야?"

눈치 빠른 멤버들의 눈길에 오소라는 얼른 휴대폰을 붙들고 방으로 뛰어 들어가 문을 닫았다.

"네, 오빠."

–자고 있는데 깨운 거 아니지?

"아니요. 아까 일어났어요."

자고 있었다 해도 벌떡 일어났을 것이다.

"무슨 일이에요?"

–너 저녁 근사한 곳에서 같이 먹을래?

"그, 근사한 곳이요?"

-샥스핀, 캐비어, 푸아그라. 이런 음식 나오는 곳이야.

국밥을 사준다고 해도 기꺼이 나갈 판이었기에 오소라는 당연히 승낙했다.

-대충 준비하고 숙소 앞으로 나와.

전화를 끊은 오소라가 방문을 열었다. 문에 귀를 대고 있던 멤버들이 우르르 안으로 끌려 들어왔다.

"어떡하니? 민호 오빠 금방 온데. 준비해야 돼!"

"진정해, 소라 언니."

"그래, 우리만 믿어."

오소라의 비명 같은 도움 요청에 멤버들 모두 팔을 걷어붙이고 행동에 들어갔다.

붕붕이를 몰아 펑키라인의 숙소가 자리한 오피스텔 앞에 도착한 민호는 입구에서 손을 흔드는 오소라를 보고 얼른 차를 멈췄다.

"타, 소라야."

30분 사이 번개처럼 메이크업을 끝낸 오소라는 한 듯 안 한 듯한 교묘한 화장기술을 뽐내고 있었다. 이것이 멤버들의 도움이라는 사실을 알 리 없는 민호는 제이 킴의 손길이 닿은 것도 아닌데 예뻐 보이는 그녀를 보며 적잖게 감탄했다.

"오빠, 정확히 어디를 간다는 거죠?"

"그게 말이야, 소라야."

조수석에 올라탄 오소라의 물음에 민호는 미소부터 지었다. PS그룹 정 사장의 자선 경매 행사에 같이 갈 파트너로서 오소라만큼 적합한 사람도 없었다. 이 시간에 모처럼 스케줄이 없는데다가 같이 CF를 촬영하기까지 했으니까.

"화내지 말고 들어."

민호는 사정을 차근차근 설명해 주었다.

"CEO들만 오는 파티요? 제가 그런 곳에 어떻게 가요? 옷도 이렇게 입었는데."

"드레스는 섭외해 뒀어. 패션 프로그램 촬영하면서 아는 분이 있거든. 내가 나중에 꼭 보답해 줄 테니까 같이 가주라."

오소라는 '흐음' 하고 팔짱을 낀 채 민호를 슥 보았다. 계속 얼굴을 봐야 썸도 잘 탄다는 민시영의 말이 귓가에 맴돌았다.

"오늘 멤버들이랑 을왕리 바다 구경 가려고 했거든요. 거기 나중에 데려가 줘요."

"좋아, 좋아."

"조개구이 맛집도."

"노 프라블럼."

뭔가 말만 하면 다 들어줄 것만 같은 민호의 보살 같은 표정에 이번에는 오소라가 멈칫했으나 약속은 약속. 민호라면 한번 말을 꺼낸 것을 모른 척할 사람은 아니었다.

"가죠."

오소라의 대답에 민호는 함박웃음과 함께 시동을 걸었다.

"굿굿! 붕붕아, 출발~"

"애는 아직도 붕붕이에요?"

이 말에 민호는 라디오를 켜지 않은 것이 천만다행이라 생각했다. 밥을 먹기도 전에 속이 안 좋아지면 큰일이니까.

오후 8시.

종로 중심부에 있는 승암 아트홀의 'PS그룹 초청 자선 경매' 행사장 입구에는 고급 외제차의 행렬이 이어지는 중이었다.

민호도 차에서 내려 주차요원에게 키를 넘겼다. 그리고 곧장 차 반대편으로 뛰어가 문을 열었다.

"내리시죠."

막 문을 열려던 오소라가 눈을 치켜떴다.

"뭐하는 거예요?"

"외국에서는 다들 이러던데? 이게 신사의 매너라고."

정장을 쫙 빼입고 나비넥타이를 묶은 민호의 능숙한 에스코트를 따라 오소라도 차에서 내려섰다. 뒤늦게 다가온 도어

맨이 오소라에게 시선을 두었다가 입을 벌렸다.

그녀가 입은 자줏빛 드레스는 스타일온의 '패션 라이브'에서 만났던 MC 이나은이 강력히 추천한 신상품이었다. 몸매의 볼륨감에 자신 있는 이들만 입을 수 있다는 착 달라붙는 드레스. 그녀가 이것을 입자 디자이너도 감탄해 엄지를 들어 올렸다.

"언제부터 신사였다고 매너 타령이에요. 우리 이틀 전에 동물원에서 호랑이 대변 냄새 맡고 좋아했어요."

"그때는 그때고."

"오빠는 가만 보면 가끔 딴 세상에서 살다 온 사람 같아요."

민호는 왼손에 차고 있는 반지를 흘끔 보고 부드럽게 웃었다. 상류층의 매너는 어떤 위치의 여자든 일단 작업을 걸고 보는 요원의 습성 때문에 자연스레 몸에 배어 나왔다. 이것이라면 쟁쟁한 부호들이 가득할 안에서 크게 실수할 일은 없다는 생각이 들었다.

"어서 오십시오."

유리문 너머에 서 있던 직원이 명단을 보며 물었다.

"이름이 어찌 되시죠?"

"강민호요."

"아, 여기 있네요. 뜻깊은 시간 되십시오."

민호의 팔을 붙잡고 화려한 장식품이 늘어서 있는 홀에 들어온 오소라는 2층의 행사 장소로 가는 계단을 보고 나직이 탄성을 내뱉었다.

"우리 입은 것도 그렇고. 그때 찍은 CF 2부를 촬영하는 느낌이에요. 행사장에 잠입해 비밀임무를 수행하는 요원 같은."

"그냥 편하게 앉아 있다가 음식 잘 먹고 가면 돼."

물론 민호는 붓을 기필코 얻어내겠다는 확고한 목적이 있었다.

"올라가자."

"네, 오빠."

2층에 올라서자 유럽풍의 그림이 길게 전시된 화랑이 민호의 눈을 잡아끌었다. 들어온 이들 대부분이 화랑을 한 바퀴 돌아 그림을 감상한 뒤에 행사장으로 들어가는 코스를 밟고 있었다.

'그야말로 고상한 입장이네.'

민호는 굳이 감상할 것 없이 바로 행사장에 들어서려고 했다. 그런데 그의 팔에 살짝 손을 걸치고 있던 오소라가 앞서 가는 사람들을 가리켰다.

"저 사람들 따라가야 하는 거 아니에요?"

"구경하게?"

“다들 하잖아요. 기왕 미술관파티에 온 거 할 건 해봐야죠.”

“소라 너 그림은 좀 알아?”

“좀 알죠.”

“진짜?”

“요런 거요.”

오소라가 네일 아트를 받은 손을 내밀었다. 레드 칼라의 매니큐어에 아주 작은 색색의 꽃들이 그려져 있는 손톱에서 민호는 전문가의 손길을 느꼈다.

“어때 보여요?”

“예쁘네.”

순수한 감상이었으나 오소라가 얼굴을 붉히기에 민호는 헛기침하며 덧붙였다.

“손톱만 말한 거야.”

“알아요, 알아. 가요.”

먼저 화랑을 향해 걸음을 옮기는 오소라가 왠지 신나 보였기에 민호는 피식 웃으며 뒤를 따랐다.

조용히 화랑을 걷으며 그림을 감상하던 오소라가 말했다.

“잘은 몰라도 색이 알록달록한 게 보기 좋네요.”

“그럴 거야. 시대는 달라도 사람이 보는 눈은 일정하니까.”

“어머, 오빠는 그림 좀 아나 봐요?”

“그건 아닌데, 남자가 여자를 보는 눈은 시대 불문 다 똑같거든."

민호는 어깨라인이 푹 파인 드레스로 풍만한 가슴을 우아하게 뽐내는 중인 공작부인 그림을 가리켰다.

"이거 그린 사람 심정이 이해가 가지 않아?"

"엉큼한 거요?"

"어허, 예술적인 아름다움 앞에서 무슨 망발이야. 폴리냑 공작부인께 사과해."

"치."

오소라가 고개를 흔들었다. 민호는 그녀의 반응에 웃으며 다음 그림에 시선을 두었다.

보통 때라면 학창시절 미술 교과서 어딘가에서 봤을 법한 그림들이라 생각하고 별 감흥 없이 지나쳤을 테지만, 온종일 김일룡의 애장공간 속에 있다 보니 그림을 보는 관점이 사뭇 달라졌다. 게다가 아직 그 영향이 사라지지 않았기에 일목요연하게 감정 평가가 떠올랐다.

"여기 있는 거 다 비싼 그림이겠죠?"

"그렇게 비싸지는 않아. 원본이 아니라 복원작가들이 재현해 낸 전시용 그림이거든. 진짜 그림은 박물관 가서 봐야 해."

"그랬구나."

어느새 한 바퀴를 다 돌고, 민호는 화랑 끝에 있는 그림 앞에 멈춰 섰다.

"템페라 기법인가?"

"템페라?"

오소라가 고개를 갸웃했다. 민호는 딱딱하고 메마른 선 위주로 붓을 대어 완성한 '성 프란체스코' 초상화를 가리켰다.

"르네상스 시대 화가들이 사용한 기법인데, 그 시절에는 흙이나 광물 같은 걸 갈아서 달걀노른자에 섞어 물감으로 썼거든. 나무틀에 석고를 바르고 그 위에 그린 거라 벽화 느낌이 나지. 자세히 봐봐."

"어어? 진짜네."

민호의 친절한 설명에 그림을 한 번 더 살피게 된 오소라는 그림에서 눈을 떼고 놀랐다는 눈길이 됐다.

"오빠 방금 족집게 미술 과외 선생님 같았어요."

"내가?"

그녀에게 그림 판매를 위한 은근한 포석을 깔고 있었음을 깨달은 민호는 오해할까 싶어 얼른 말했다.

"미술책에서 본 거야. 공부 중이거든."

저녁까지 김일룡의 공간에 있었던 까닭에 계산해 보니 10시까지는 계속 영향을 받을 듯싶었다.

행사장 입구에 도착한 민호는 번들거리는 이마를 뽐내는 중년 남자가 화랑에서 나오는 것을 발견하고 눈이 커졌다.

"부사장님."

민호의 부름에 부인과 함께 행사장으로 들어서던 이윤국이 고개를 돌렸다.

"강민호 씨? 소라 씨도 있네."

민호와 오소라가 꾸벅 인사를 건넸다. 이윤국이 다가왔다.

"이런 곳에서 다 보고. 경매 참여하러 온 건가?"

"일단은요. 평소 고미술에 관심이 있었는데 마침 정 사장님께서 초대해 주셨어요."

이윤구가 손뼉을 쳤다.

"맞아, PS그룹 광고. 자네들이 촬영했었지? 광고주 만족도가 높았다는 얘기는 들었어. 잘하면 다음 분기 광고도 눈도장을 찍을 수 있겠군. 정 사장이 화통한 분이라 한번 마음에 들면 끝까지 가는 주의거든."

이 말에 오소라가 민호를 돌아보았다.

"오빠, 우리 광고 때문에 온 거였어요? 그럼 말을 하지."

"딱히 그런 건 아닌……. 겸사겸사."

이윤국의 무슨 소리냐는 듯한 반응에 민호는 말꼬리를 흐렸다.

자선 경매에서 순식간에 일 얘기로 번져나가는 이윤국의 논리에 민호는 잠시 오전의 회의를 떠올렸다. 일거리를 떠안긴 주범이 코앞에서 또 다른 일거리를 주려 하고 있었다.

"윤국 씨. 저 먼저 들어가요."

어떻게 대처해야 잘했다는 소릴 들을지 고민하던 민호를 도와준 것은 다름 아닌 이윤국의 부인이었다. 부인의 말에 이윤국은 바로 등을 돌려 "잠깐만, 여보!"라고 외쳤다. 그리고 민호와 오소라에게 목소리를 낮춰 얘기했다.

"모처럼 둘이 나왔는데 이 이상 일 얘기하면 밤이 무서워져. 나중에 얘기하지. 아무튼 반가웠네."

민호는 행사장으로 걸어 들어가는 이윤국의 부인에게도 공손히 고개를 숙여 보였다.

물끄러미 부사장 부부를 지켜보던 오소라가 물었다.

"오빠, 부사장님과 친해요?"

"별로. 오늘 회의 때 처음 봤어."

"이상하네. 직원하고만 얘기하지 소속 연예인들한테 이렇게 말 안 붙이시는 스타일이거든요. 부인께 오해 산다고."

"직원?"

민호는 이 얘기에 신음을 삼켰다. 음반부서 부실장. 따지고 보면 자신도 직원이었다. 그랬기에 말을 붙인 것이라면 앞으로도 계속 일거리를 던져줄지 모른다.

"왜요, 오빠?"

"암것도 아니야."

고개를 휘휘 젓는 민호의 입가에는 씁쓸한 미소가 지어졌다. KG 엔터의 일에서 만큼은 불길한 예감이 틀린 적이…….

'아닐 거야.'

천장의 샹들리에가 인상적인 대형 연회장. 일렬로 배치된 테이블 한쪽에는 요리가, 한쪽에는 주류와 음료가 자리해 있었다.

사람은 백여 명 가까이 됐으나 본격적인 연회가 행사 후로 예정되어 있기에 분위기는 차분했다. 우연히 마주친 이윤국 외에는 전부 모르는 얼굴뿐인 터라 민호와 오소라는 입구 근처에 서서 조용히 음식만 먹는 중이었다.

쟁반 위에 와인 잔 여러 개를 올려놓고 서빙 중인 직원 하나가 민호의 옆으로 다가왔다.

"카베르네 소비뇽입니다."

"저는 됐어요."

거절한 민호와는 달리 오소라는 한잔을 집어 들고 살짝 맛보았다.

"으으, 떫어."

바로 눈을 찌푸렸다.

"맛이 없어?"

"와인 맛은 잘 모르겠어요. 소주파라."

그럼에도 한잔을 꿀꺽 다 넘긴 오소라는 아무렇지도 않다는 듯 빈 잔을 지나가는 직원에게 넘겨주었다.

"후, 생각보다 뒷맛은 깔끔하네요."

와인을 잔뜩 머금었던 그녀의 입에서 흘러나온 포도 향기. 민호는 장기 숙성된 포도의 짙고 경쾌한 향이 느껴져 한잔 마시고 싶은 욕구가 강하게 일었다.

'참아라, 참아.'

민호는 반지를 쓰다듬었다. 가뜩이나 술이 약한데 경매 전에 저걸 먹었다가는 내내 졸기만 할 것이다.

"신기한 음식 많네."

캐비어가 곁들여진 카나페를 손에 든 오소라는 한번 맛보더니 나쁘지 않다고 고개를 끄덕였다. 그러나 그뿐. 다시 먹고 싶다는 마음이 들지 않았다.

"생각보다 막 안 당기네요. 오빠는 이런 거 많이 먹어 봤어요?"

"분식파라 잘 몰라."

"분식도 종류 많잖아요."

"튀김."

"아쉽네, 난 떡볶이인데."

"끝까지 들어야지. 튀김에 떡볶이 국물 살짝 뿌려 먹는 게 좋아."

고급 요리를 앞에 놓고 농담 같은 대화를 주고받던 두 사람이 키득키득 웃었다.

"파티 끝나면 나가서 배불리 먹자. 너 먹고 싶은 걸로."

"정 사장님한테 얼굴 비춰야죠. 이 비싸 보이는 음식들로 배 채우면 충분해요."

오소라가 이것저것 맛을 보며 테이블을 누비는 사이, 민호의 시선은 자선 경매를 준비 중인 단상 쪽을 향했다. 연회가 벌어지는 넓은 공간 반대편에는 서울 옥션에서 나온 전문 경매인들과 정수호 사장이 담소를 나누는 중이었다.

'국내 미술계를 좌지우지하는 큰손이라고 했지?'

오기 직전 원유훈에게 들은 바로는, 정 사장만큼 고급 취향을 가진 수집가도 드물다고 했다. 소유하고 있는 물건과 그에 따른 취향이 고스란히 드러나는 이 같은 행사에서 당당할 수 있다는 것은, 자신의 취향이 한 수 앞서 있음을 자신하지 않고서는 불가능한 일일 테니까.

"지금부터 경매를 시작할 테니, 모두 자리해 주십시오."

이윽고, 민호가 고대하던 행사가 시작됐다.

"오늘 나온 수익금은 낙찰받은 모든 분의 이름으로 AN 병원의 소아재단에 기부됨을 밝힙니다."

정수호 사장이 마이크 앞에 섰다. 쉰 중반의 나이에 귀 밑에 희끗희끗한 머리가 보이는 그는 비록 체구는 작았으나 화통하다는 이윤구의 말처럼 표정에서부터 시원시원한 자신감이 배어 나왔다.

"뜻깊은 자리를 빛내주기 위해 와주신 여러분 고맙습니다. 그럼, 경매 진행을 맡아주실 김지효 딜러님을 모시겠습니다."

정 사장의 말과 함께 단상 뒤의 스크린에서 오늘 경매할 물건들의 목록이 주르륵 떠올랐다. 총 20개의 물건 중에 민호가 노리고 있는 붓은 12번째였다.

'다른 것보다 낮아. 출처가 확실치 않아서 그런가 보네.'

기본가 3천만 원으로 책정된 '혜원의 붓'을 본 민호의 눈동자는 초롱초롱 빛을 발했다. 오소라는 하나같이 어마어마한 시작 가격을 형성 중인 경매품들을 확인하고 입을 벌렸다.

"오빠. 정말 참여할 거예요?"

"응."

민호는 '52'라고 적혀 있는 그의 패들 번호를 흔들어 보였다. 큰돈이 걸려 있음에도 무척 즐거워 보이는 그를 보고 오소라는 뜻밖이라는 표정을 지었다.

"그러고 보니 차도 되게 옛날 거고. 앤티크 수집? 이게 그런 취미인 거죠?"

"옛날 거라고 다 좋아하는 건 아니야. 특별한 사연이 있어야 해. 김홍도 알지?"

"알죠."

"신윤복은?"

"드라마에서 봤어요. 둘이 되게 좋아하고 그러는 거."

"그거는 픽션 드라마고. 저기 12번 경매품이 혜원 신윤복의 붓이라면 되게 특별한 거거든."

"그래 봤자 붓이잖아요."

맞는 말이었다. 남에게는 그래 봤자 붓. 그러나 민호에게는 탐스러운 주황빛을 뽐내고 있는 보물이었다.

정갈하게 머리를 묶은 서른 초반의 여성이 단상에 올라왔다. 보조해 줄 두 사람이 옆에 선 가운데 김지효 경매딜러가 입을 열었다.

"시작에 앞서 안내 말씀을 드리겠습니다. 경매자가 낙찰봉을 두드린 후 선언하면 낙찰이 결정됩니다. 낙찰봉을 두드림과 동시에 입찰이 들어오는 경우가 있는데요, 이때도 응찰을 받을 수 있습니다."

경매는 매우 기본적인 규칙만으로 진행됐다.

첫 번째로 경매 테이블에 올라온 화가 조백호의 '가시는 님'은 시작가가 1억 8천이었다.

"현재는 절필하신 조백호 화백의 그림이네요. 이분의 다른 그림, '얼굴 없는 여인상'은 얼마 전에 뉴욕 소더비 경매에서 50억 원에 거래되어 화제에 올랐었죠. 천 단위로 올라가

겠습니다.”

경매딜러의 말이 끝나기 무섭게 패들이 빠르게 올라갔다.

“1억 8천. 1억 9천. 2억…….”

순식간에 3억 가까이 오르자 경매딜러가 단위를 2천으로 올렸다.

“3억 4천. 3억 6천.”

기본 감정가의 두 배에 다다르자 패들이 올라가는 속도가 뜸해졌다.

“4억 4천. 4억 6천 없으십니까?”

잠깐 뜸을 들이고 좌석을 훑어본 경매딜러가 낙찰봉을 두드렸다.

“4억 6천. 아무도 안 계시죠? 4억 6천, 낙찰! 패들 번호 33번 분께 낙찰됐습니다.”

시작부터 기본가의 3배에 달하는 경매가 벌어졌다.

민호는 경매딜러의 50억 얘기가 주효했음을 깨달았다. 같은 작가의 다른 그림이 50억에 거래됐다면, 필시 이 그림도 가격이 크게 뛸 것이라는 예상을 할 것이기 때문이었다.

이후 진행된 경매들은 기본가의 2배 정도에서 낙찰이 반복됐다.

“다음 물건은 ‘혜원의 붓’으로 알려진 조선 시대 화가의 화구입니다. 기본가는 3천. 오백 단위로 올리겠습니다.”

민호는 시작과 동시에 패들을 들었다.

"3천 5백. 4천. 4천 5백."

가격은 가파르게 상승해 1억을 넘었다.

"천 단위로 올리겠습니다. 1억 천. 1억 2천."

대부분 포기했으나 유독 맨 앞자리에 앉은 한 사람이 계속 민호를 따라왔다.

"1억 9천. 2억. 뜨겁군요."

기본가의 8배가 넘어서자 별 관심이 없던 이들까지 '무슨 물건이야?'하면서 경매 테이블에 시선을 집중했다.

"오빠, 괜찮겠어요?"

지켜보던 오소라가 놀라서 물었다. 민호는 걱정하지 말라는 듯 고개를 끄덕이며 패들을 들었다.

"2억 9천. 3억. 단위를 2천으로 올리겠습니다."

이쯤 되자 물건이 아니라 열띤 경매를 벌이고 있는 두 사람에게 시선을 보내는 이들까지 생겨났다. 중간쯤 앉아 있던 이윤국도 경매자 중 하나가 민호인 것을 보고 놀란 표정이 됐다.

"3억 2천. 4천……."

민호는 맨 앞자리에 앉아 있는 사내에게 시선을 던졌다. 30대 후반쯤 됐을까? 다들 파티 복장을 쫙 빼입은 것과는 다르게 갈색 재킷에 평상복을 입고 있었다.

'언제까지 할 셈인지 모르겠네.'

윤환에게서 딱 감정가에 유품을 넘겨받아 왔던 민호는 실제 고가품 경매는 그와는 비교도 할 수 없는 돈이 들어감을 직접 체험하자 아버지가 진짜 가족 DC를 해준 것이란 생각이 들었다.

'그래도 포기는 못 하지. 돈이야 벌면 되는 거고.'

민호가 패들을 번쩍 들었다.

"4억 8천 나왔습니다!"

이때부터였다. 민호는 서슴없이 패들을 들었으나 맨 앞의 사내는 움찔움찔하며 고민하다 패들을 들었다. 그렇게 6억에 민호의 패들이 올라왔을 때, 경합을 벌이던 사내는 패들을 축 늘어뜨리며 포기 의사를 밝혔다.

"6억. 더 없으십니까? 낙찰! 패들 번호 52번 분. 축하드립니다."

낙찰봉이 '딱' 하고 부딪히는 소리가 민호의 귓가를 울렸다.

"좋았어!"

주먹을 불끈 쥐는 민호. 드디어 붓을 손에 넣었다.

1시간 뒤.

20건의 경매가 모두 끝났다. 최고가의 물건은 모두의 예상을 깨고 무려 기본가의 스무 배에 낙찰받은 민호의 붓이 됐다. 참여했던 이들 사이에 단연 화제에 올랐으나, 왜 그렇게 비싼지에 대한 의견은 분분했다.

김홍도의 제자가 사용한 붓이 아니라 김홍도 본인의 붓이라느니, 신윤복이 '미인도'를 그릴 때 실제로 사용했던 붓이라느니 하는 이야기가 오고갔다.

"우리 회사 광고 모델이 이렇게 화끈할 줄이야. 다시 봤어."

정 사장은 경매가 끝나자마자 민호에게 다가와 한바탕 칭찬을 늘어놓았다. 그것이 돈을 펑펑 쓴 것에 대한 부분이었기에 민호는 떨떠름했으나 멀리서 지켜보고 있는 이윤국의 눈치도 있고 하여 최대한 정 사장의 기분을 맞춰 주었다.

"오늘 정 사장님이 내놓으신 물건 보고 깜짝 놀랐습니다. 하나같이 훌륭한 컬렉션들이더군요."

"그래?"

본인이 아니라 그가 수집한 물건을 칭찬했음에도 정 사장의 어깨가 으쓱했다. 골수 수집가에게는 최고의 찬사이리라.

'유훈 아저씨에게 성향을 물어봐 두길 잘했어.'

민호는 낯 뜨겁지만, 김일룡의 지식이 남아 있을 때 최대한 활용하려는 생각에 덧붙였다.

"특히 19번째 나왔던 홍휘담 화백의 'M군의 오후'는 5년 전 거래 당시 훼손된 상태였다고 들었는데, 복원을 완벽하게 하셨더군요. 정 사장님과 같은 심미안과 지식을 갖추려면 어떻게 해야 할지도 감도 안 잡힙니다."

"이 친구 보게나."

'허허' 웃은 정 사장이 민호의 어깨를 두드리며 말했다.

"계속 연구하다 보면 자네도 찾을 수 있을 거야. 앞으로도 궁금하면 언제든 연락하게."

대화의 끝은 정 사장의 개인 전화번호를 얻는 것으로 마무리됐다. 정 사장이 다른 지인들을 만나러 떠나자 오소라가 '헐' 하는 신음과 함께 민호를 돌아보았다.

"오빠, 광고 따내려고 온 거 맞죠?"

"아니야."

민호는 그러면서도 이윤국 쪽을 돌아보고 괜찮게 끝났다는 미소를 지어 보였다.

"소라야, 경매품 받아 올 테니까 잠깐만 기다리고 있어."

미술관 3층의 보관실.

"여기 있습니다."

"감사해요."

민호는 경매 진행자에게서 붓을 건네받고 행복한 표정을 지었다. 보통은 낙찰받은 물건에 대한 대금 지급이 끝난 후,

자택에서 직접 받아본다. 그러나 민호는 일시금으로 입금을 끝마치고 이곳에 한달음에 달려왔다.

"어디 보자~"

보관실 밖으로 나온 민호는 투명한 봉투 안에 담겨 있는 빛나는 유품을 자세히 확인했다. 대나무 붓대와 족제비 꼬리털로 만들어진 붓. 작은 글씨를 쓰거나 정교한 채색을 할 때 쓰이는 종류였다.

'어이구, 귀여운 것.'

민호는 희희낙락 휘파람을 불며 계단으로 향했다. 밤에 있을 유품의 시험이 벌써 기대됐다.

"저기……."

오소라가 기다리고 있을 연회장으로 돌아가려던 민호는 2층으로 내려가는 계단 입구에 서 있는 사내의 부름에 걸음을 멈췄다. 붓을 두고 경합했던 그 사내였다. 거기다 자신을 기다리고 있는 듯한 분위기였다.

"왜 그러시죠?"

"그 황모필 말인데요."

가까이서 지켜본 사내는 인상은 선했으나 수염도 제대로 깎지 않은 초췌한 모습이었다.

"제게 빌려주실 수 있습니까? 사례는 충분히 하겠습니다."

갑작스러운 요구에 의문이 생긴 민호가 되물었다.

"어디다 쓰시게요?"

"미완성인 그림 한 점을 완성할 생각입니다."

"이 붓으로요?"

"네. 그것이 꼭 필요해요."

민호는 그제야 갈색 재킷 안에 언뜻 드러난 사내의 남방에 온통 물감 칠이 되어 있는 것을 발견했다. 게다가 손끝에서도 울긋불긋한 물감이 보였다.

"아, 제 소개를 안 드렸군요. 조백호 선생님의 제자 김승암이라고 합니다."

'김승암?'

민호의 머릿속으로 승암 아트홀의 입구에 들어서며 잠깐 스쳐 지났던 내부 배치도가 떠올랐다. 그곳에는 분명히 4층에 '승암 화실'이라는 개인 작업 공간이 명시되어 있었다.

"혹시……. 이 미술관 대표님이세요?"

"이름을 빌려주었을 뿐입니다. 운영은 전문 경영인에게 맡기고 있어요."

하며 수줍은 듯 머리를 긁적이는 서른 후반의 사내. 민호는 상류층 사람들이 드나드는 미술관의 주인이 이렇게 숙맥 같은 사람이라는 것이 매우 놀랐다.

'예술가라서 그런 건가?'

김승암의 시선이 민호의 손에 쥐어진 붓으로 향했다.

"꼭 부탁합니다. 조백호 선생님께서 절필하시기 전에 사용하셨던 붓은 그것밖에 남지 않았거든요."

그 간곡한 표정에 차마 거절할 수가 없었다.

"뭐, 닳는 것도 아니니까요. 그런데 조백호 선생님께서 사용하셨던 붓이라고요? 신윤복의 붓이 아니라요?"

"자세한 사정은 저도 잘 모릅니다만, 그 시절부터 예원을 통에 쭉 내려온 화구들이 있습니다. 조백호 선생님께서 그것들을 물려받아 소유하셨고요. 아마도 신윤복의 붓은 아닐 겁니다. 그보다는 더 후세의 예원 출신 제자의 붓이 아닐까 하는……."

민호는 유품의 시험을 단번에 통과하기 위해서라도 필요한 정보들임을 깨닫고 경청하는 표정이 됐다.

"그리고요?"

"여기서 이럴 게 아니라 작업실에 잠시 들러 차라도 한잔 하시겠습니까?"

민호는 김승암을 따라 4층으로 방향을 틀었다. 계단을 오르며, 오소라에게 재빨리 문자를 날렸다.

"이곳입니다."

작업실 문을 열자마자 물감의 기름 냄새가 민호의 코끝을 찔러왔다. 민호는 방 안 한가운데 비치된 그림에 시선이 머물렀다. 동양의 색으로 채색되어 있는 단아한 여인의 상에는 기이하게도 얼굴이 그려져 있지 않았다.

'어라?'

그림은 혼자서 선명한 빛을 발하고 있었다. 당연히 저것은 애장품이었다.

"대표님. 완성해야 할 것이 저 그림인가 봐요?"

"맞습니다. 조백호 선생님께서 15년 전에 마지막으로 그리셨던 '얼굴 없는 여인상'입니다. 미천한 재주지만 저것의 얼굴을 제 손으로 완성해 볼 생각이죠."

시가 50억의 그림.

민호는 그 가격보다 그림 전체에 은은하게 깃든 애장품의 빛에 놀랐다.

'김승암 대표님의 애장품인가?'

50억짜리인 터라 행여 만지면 실례가 될까 싶어 김승암에게 고개를 돌렸다.

"제가 잠깐만 살펴봐도 될까요?"

"그럼요."

민호는 지금껏 만져본 애장품 중에서 사상 최고가인 물건을 앞에 두고 크게 심호흡을 했다. 그리고 모서리 부분을 손끝으로 톡 건드렸다.

—여보, 그림 포기하지 마. 나는 당신 그림 좋아.

15년째 절필 중인 화가의 미완성 그림. 민호는 이 그림 속 얼굴 없는 인물이 조백호의 무명 시절, 그의 그림을 유일하게 좋아해 준 한 사람이었다는 것을 알 수 있었다.

–죽지 마, 제발. 당신이 가버리면 난…….

병상에 누워 있는 여인과 슬픔에 젖어 있는 조백호의 모습이 머릿속을 스쳤다.

민호는 이 순간, 이 그림이 김승암이 아닌 조백호 본인의 애장품이라는 것을 깨달았다. 아내에 대한 조백호의 정은 이 그림에서 15년 동안이나 손을 떼고 있음에도 애장품의 빛을 잃지 않을 만큼 깊고 강했다.

'소유하지 않아도 마음에 강하게 담고 있으면 계속 애장품으로 유지되기도 하는구나.'

새로운 사실을 깨달았음에도 기분이 편치는 않았다. 그림에 미쳐 있는 조백호를 위해 평생 가난에 허덕이다 병으로 죽은 아내. 그녀를 그리워하는 조백호의 절절한 심정이 민호에게도 고스란히 전해진 까닭이었다.

"조백호 선생님께서 저 그림을 완성하기 전에 사모님과 사별하셨습니다. 마지막 모습을 담으시려다 차마 그리지 못하고 붓을 꺾으셨죠. 제가 이것을 완성하면 다시 붓을 잡을 마음이 드시지 않을까 싶어서 뉴욕에 매물이 나왔을 때 급히 사들였습니다."

김승암은 한쪽에 걸려 있는 액자를 가리켰다. 그 안에는 민호가 애장품의 추억에서 보았던 두 인물이 청년 김승암과 함께 서 있는 사진이 담겨 있었다.

민호는 수도 없이 밑그림을 그렸다가 파기해 수북이 쌓아둔 흔적에 시선을 돌렸다. 아마 어떤 그림도 조백호의 마음에 있을 아내의 형상을 대신 할 수가 없었을 것이다.

"완성이 쉽지 않겠어요."

"그렇죠. 지푸라기라도 있으면 잡고 싶은 심정입니다."

민호는 자신과 6억 가까이 경매경쟁을 했던 이 붓도 그 지푸라기 중 하나였다는 사실을 이해했다.

"내 정신 좀 봐. 홍차 드시겠습니까?"

김승암이 전기 포트에 물을 얹는 사이 민호는 이곳에 따라온 목적을 떠올리고 물었다.

"대표님, 이 붓에 대해 더 말씀해 주실 것 있나요?"

김승암은 홍차를 우려내며 그가 알고 있던 붓에 대한 이야기를 들려주기 시작했다. 본 주인이 시, 서, 화에 두루 능했던 천재 화가일 것이라는 예상에 민호의 기대감은 더 부풀어 올랐다.

"대표님!"

대화 도중 갑자기 작업실의 문이 열렸다. 김승암은 미술관의 경매 담당자가 얼굴을 들이밀자 무슨 일이야 하는 눈길로 그를 바라보았다.

"정수호 사장님께서 잠시 뵙고 싶어 하세요."

"지금?"

"네."

김승암이 미안하다는 눈길로 민호에게 말했다.

"잠시만 내려갔다가 오겠습니다. 길게 걸리지는 않을 테니……."

"괜찮아요, 다녀오세요."

김승암은 막 찻잔에 따른 홍차를 작업대 위에 올려두고 거듭 미안하다는 표정을 지으며 작업실을 나섰다.

"저분도 참. 50억짜리 그림을 놔두고 가버리네."

물론, 작업실 천장에 달린 CCTV와 미술관 입구의 삼엄한 경비를 뚫고 그림을 훔치기란 쉽지 않은 일이었다.

작업대 옆에 걸터앉아 홍차를 홀짝이며 기다리던 민호는 찻잔 옆에 굴러다니는 4B연필을 톡 건드려 보았다. 그리고 작업대 한쪽에 마련된 하얀 캔버스에 시선이 머물렀다.

손가락이 움찔움찔.

'얼굴 없는 여인상'에 깃든 애장품의 능력이 자꾸만 민호의 마음을 건드렸다.

'절필했다는 분의 애장품인데 왜 그림을 그리고 싶어지는 거지?'

5분 뒤.

심심함을 견디지 못한 민호가 자리에서 일어났다. 애장품 그림의 모서리를 터치한 채 새하얀 캔버스 위에 스케치를 시작했다.

슥슥. 삭삭.

민호의 손에서 한 여인의 얼굴 형태가 떠올랐다. 무아지경 속에서 빠르게 스케치해 거의 다 마무리했을 무렵, 작업실의 문이 열렸다.

"오래 기다리셨……."

민호를 바라본 김승암이 놀란 눈으로 다가왔다.

"뭐 하시는 겁니까?"

"아, 죄송해요. 이 캔버스 값은 제가 낼게요."

김승암은 민호의 스케치를 확인하고 석상이 된 듯 한동안 움직이지 못했다.

화사하게 웃고 있는 한 여인의 얼굴.

캔버스 위에는 사모님의 풋풋했던 시절의 모습이 생생히 그려져 있었다. 단지 밑그림일 뿐이지만 김승암은 감히 상상도 하지 못했던 그림이었다. 게다가 조백호 선생님의 젊은 시절과 화법이 흡사했다.

"어떻게 이런……."

충격을 받은 듯한 김승암의 모습에 민호는 죄송스럽다는

표정을 지었다. 그놈의 심심함이 괜한 일을 만들었나 싶어 재빨리 변명했다.

"사모님이 가장 행복하셨던 시절이라면 조백호 화백님 역시 똑같지 않았을까 싶어서요. 제가 그림을 그린다면 그런 모습을 영원히 간직하고 싶을 것 같아 이렇게 그렸어요."

"그건……. 맞는 말입니다."

김승암은 충격에서 벗어나자마자 결심했다는 듯한 표정이 됐다.

"이 스케치 끝까지 마무리해 주실 수 있으십니까? 수고비는 확실히 지급하겠습니다."

"안 될 건 없죠."

[소라야, 미안. 10분만 있다가 갈게.]

문자를 확인한 오소라는 한숨을 내뱉었다.

자꾸 마시니 그런대로 먹을 만해진 와인을 한 모금 넘기며 오소라는 발코니로 향하는 문을 열었다. 가을밤의 시원한 바람이 술기운에 살짝 달아오른 그녀의 뺨을 식혀주었다.

2층 발코니에서 내려다보이는 곳은 야간 조명이 밝혀진 미술관의 정원이었다. 발코니가 상당히 넓은 터라 오소라처럼 야경을 구경하기 위해 나와 있는 사람들이 꽤 됐다.

"경치는 좋네."

그렇게 10분이 지나고 30분이 지났다. 그리고 1시간째.

"으휴. 나 여기 왜 따라온 거니."

그사이 오소라의 옆에는 비워낸 와인 잔만 3잔으로 늘어났다. 그녀는 휴대폰을 들어 멤버들과의 대화방을 열었다.

[뭐해 언니? 뜨거운 밤 보내고 있는 거야?]

[부럽다. 여기 바닷바람 추워~]

[맞아. 소라 언니처럼 껴안아줄 사람이 없어.]

'나도 춥다고!'

오소라는 기껏 외출했는데 혼자 30분째 서 있다는 대답을 할 수 없어 '너희 캐비어 먹어봤어? 무슨 소비뇽 하는 와인이랑 같이'라는 자랑 문자를 남길 수밖에 없었다.

"이럴 수가. 혹시 오소라 씨 아니신가요?"

그러던 중, 발코니에 서 있던 남자 하나가 다가왔다. 이십대 후반으로 보이는 남자는 인상은 평범했으나 왁스로 바짝 세운 날렵한 머릿결을 자랑하는 상태였다.

"맞는데, 누구시죠?"

팬인가 싶어 사인이라도 해줘야 하나 고민하는 오소라에게 남자가 대답했다.

"원영태라고 합니다. 인사동의 미술품 거래상이죠. 오늘 경매한 물건 중 반은 제가 들고 왔습죠."

"아, 그러시구나."

"반갑습니다. 실제로 보니 무척 미인이시네요."

매끈한 드레스를 입고 있는 오소라의 숨 막힐 것 같은 자태는 발코니의 조명을 받아 더욱 매력적으로 보였다. 그녀의 미모에 홀딱 반한 눈빛이 된 원영태는 얼굴 한가득 미소를 지은 채 말했다.

"나파 밸리 카베르네 소비뇽."

"네?"

"와인 좋아하시나 봐요."

원영태가 오소라가 쥐고 있던 와인 잔을 가리켰다.

"이거요? 그냥 있기에 마시는 거예요."

"그 와인, 블랙베리와 감초, 삼나무의 풍미가 어우러지는 아주 세련된 맛을 내는 물건입죠."

"그래서요?"

심드렁한 표정을 짓는 그녀를 보면서도 원영태는 굴하지 않았다.

"들어가서 한잔 더 하시겠습니까?"

상대가 작업을 걸고 있다는 사실이 명백해지자 오소라는 코웃음이 나왔다. 정작 작업 좀 걸어 줬으면 했던 상대는 지금 6억짜리 붓에 꽂혀 행방이 묘연했다. 한마디 쏘아붙이려던 그녀는 막 발코니에 들어선 한 사람을 보고 말했다.

"한잔할 사람 왔네요."

"네?"

오소라는 반쯤 남은 와인 잔을 원영태의 손에 들려주었다.

"자요. 감나무인지 삼나무인지 풍미가 느껴지는 와인은 그쪽 많이 드세요. 저는 알콜 풍미 그득한 소주 좀 하러 갈 테니까."

당황한 원영태를 뒤로 한 오소라는 민호에게 한달음에 달려갔다.

"늦었잖아요!"

"미안, 미안."

대형 연회장을 나오자마자 민호가 향한 곳은 밖이 아니라 미술관의 상층이었다. 계속해서 계단만 오르는 민호를 보며 오소라가 물었다.

"어딜 가는데요?"

"따라와 봐."

5층에 도착하자 옥상으로 나가는 문이 보였다. '관계자 외 출입 금지'라는 글귀가 붙어 있었기에 오소라가 놀라서 민호의 옷깃을 붙잡았다.

"여길 왜 가요?"

"대표님께 허락 맡았어."

"대표님이요?"

민호는 빙긋 웃으며 문을 열었다. '달칵' 하는 소리와 함께 옥상의 풍경이 오소라의 눈에 들어왔다.

"와……."

바닥 전체에 넘실거리는 파도와 하얀 백사장이 그려져 있는 공간 위로 달빛 조명이 비쳤다. 도심 한복판에서 바다 한가운데 서 있는 것만 같은 기분을 느끼게 되자 오소라는 그녀도 모르게 감탄을 연발했다.

"신기하지? 대표님 고향 바다래. 을왕리는 아니지만, 오늘 나 때문에 못 간 바다 일단 여기서 눈요기부터 해두라고."

"오빠……."

오소라는 이렇게까지 신경 써준 것에 고맙다는 말밖에는 할 말이 없었다.

2층의 행사장에서 본격적인 연회가 시작됐는지 클래식 왈츠의 선율이 옥상에까지 들려왔다. 민호는 백사장 그림 위로 한 발을 내딛고 오소라에게 손을 내밀었다.

"한 곡 추시겠습니까, 공작부인?"

"공작부인은 무슨."

유치하다고 비웃으면서도 오소라는 민호의 손을 붙잡았다. 민호가 다가온 오소라의 허리를 슥 당겨 자세를 잡자 그녀가 움찔 놀랐다.

눈과 눈이 한 뼘의 거리를 두고 마주 보게 됐다. 얼굴이 확 달아오른 오소라는 무슨 말이라도 해야 할 듯싶어 민호에게 물었다.

"왈츠 출 줄 알아요?"

"잘은 모르지만, 몸은 기억하고 있어."

"그게 무슨 말이에요?"

'딴딴딴~' 하는 박자에 맞춰 민호가 다리를 움직였다. 그에게 의지하다시피 기대고 있던 오소라도 자연스레 그 박자를 따라 몸을 움직였다.

슬로우 템포로 둥그렇게 몸을 돌리며 오소라를 리드하는 민호의 스텝은 수준급이었다. 오소라 역시 춤에 익숙했기에 스텝을 금방 익혀 맞춰나갔다.

"오빠."

"응?"

"방송 데뷔하기 전에 카사노바였죠?"

"그래 보여?"

"네. 아무리 봐도……."

민호의 얼굴을 찬찬히 바라보고 있던 오소라는 그의 얼굴이 붉게 달아올라 있는 것을 발견했다. 수줍어서 그런 것이 아니라는 사실은 민호의 숨결에서 전해지는 달콤하고 향긋한 냄새로 알 수 있었다.

오소라는 음악이 끝나자마자 민호와 함께 옥상 한쪽에 마련된 벤치에 앉았다.

"와인 먹었어요?"

"와인은 아니고 홍차랑 브랜디. 대표님이 주시더라고."

민호는 김승암이 평소 홍차에 브랜디를 타서 즐기는 버릇 때문에 생각지 못한 술을 입에 댔다. 덕분에 요원의 본성이 꿈틀거림에도 전혀 통제하지 못하는 중이었다.

"오빠, 술 못한다고 하지 않았어요? 먹으면 바로 잔다고."

"내가? 이런 미녀를 앞에 두고?"

하고 과장스럽게 말하는 민호의 눈은 술기운이 돌아 서서히 풀려 갔다. 오소라는 나직이 중얼거렸다.

"뭐야, 취해서 이런 거였어? 치."

"응? 뭐라고 했어?"

"바른대로 말해 봐요."

"뭘?"

"오빠가 날 어떻게 생각하는지. 왜 맨날 간보는 것처럼……."

민호는 꾸벅 눈을 감았다.

"야!"

"응, 소라야."

반짝 눈을 떴으나 그뿐. 민호의 정신은 서서히 저 먼 어딘

가로 떠나는 중이었다.

"내가 진짜."

"소라야, 나 10분만 자야겠다. 도저히……."

힘겹게 중얼거리던 민호가 스르르 고개를 떨어뜨렸다. 오소라는 한숨을 푹 쉬고는 그녀의 무릎으로 민호의 머리를 받쳐주었다.

"으이그."

민호의 이마라도 한 대 쥐어박으려던 오소라는 지난번 CF 촬영 때의 기억이 떠올라 손을 내렸다. 그때는 민호가 그녀를 보살펴 주었었다.

"이걸로 퉁쳐요. 다음에는 얄짤 없을 테니."

오소라는 한동안 잠든 민호의 얼굴을 바라보고 있다가 그녀도 모르게 생각했다. 사실 모든 일은 한 번이 어려운 거지 그다음부터는 간단하다. 몰래 키스도 그와 마찬가지.

"어유, 벌써 퉁친 거 다 끝났네. 이건 벌이에요, 벌."

서서히 입술을 가져가는데 옥상의 문이 벌컥 열렸다. 오소라는 반사적으로 고개를 들었다.

"민호 씨 계십니까?"

낯선 목소리에 긴장한 오소라에게 김승암이 다가왔다.

"민호 씨는……."

"누가 술을 잘못 먹여서 잠깐 자고 있어요."

"저런. 한 잔 분량도 안 됐는데."

"민호 오빠가 술이 참~ 약해요."

"미, 미안하게 됐습니다."

김승암은 오소라의 무릎을 베고 누워 있는 민호를 부드러운 시선으로 지켜보더니 손에 쥐고 있던 붓을 내밀었다.

"이걸 돌려드리러 왔습니다."

민호가 샀던 붓임을 확인한 오소라가 의아한 표정을 지었다.

"민호 씨 말대로 '얼굴 없는 여인상'을 완성하기 위해서는 도구가 문제가 아닌 것 같습니다. 깨어나시면 정말 감사하다고 전해주시겠습니까? 사례금은 두둑이 드리겠다고도 좀 전해 주십시오. 이 붓, 저 때문에 비싸게 샀으니 그만큼은 보상해 드려야죠."

"그럴게요."

인사를 끝마친 김승암이 옥상에서 내려갔다.

오소라는 '얼굴 없는 여인상'이라는 말을 어디서 들어본 것 같다는 생각에 고민하다, 경매 때 말이 나온 50억짜리 그림이라는 것을 깨달았다.

'이 오빠, 아까 1시간 동안 대체 뭘 한 거야?'

지리산의 첩첩산중에 자리를 잡은 화곡사.

이제는 심마니로 속세에 관심을 끊고 살아가고 있던 조백호는 주지 스님이 아침 댓바람부터 자신을 부르자 무슨 일인가 하여 객방을 나섰다.

"스님."

"조 시주. 이 그림이 여기까지 배달 왔네."

"그림이요?"

십여 년 전부터 미술계에서 그림 한 점 그려달라고 숱한 구애가 오고 있음에도 꿈쩍도 하지 않은 그였기에 대수롭지 않은 표정으로 그림을 받아 들었다.

발신자를 확인한 조백호는 이상하다는 표정이 됐다.

"뭐지? 승암이가 보냈네. 이런 거 보낼 애가 아닌데."

조백호는 신문지 포장을 단박에 뜯어낸 뒤 그림을 확인하고 한동안 말을 잇지 못했다.

"여보, 그림 포기하지 마. 나는 당신 그림 좋아."

그가 버려두었던 마지막 작품, 얼굴 없는 여인상이 완성되어 돌아왔다.

삼십년 전, 처음 만났을 때의 아내 얼굴이 고스란히 담겨 있는 그림. 그 깊은 동공 속에는 자신의 그림을 사랑하고, 진심으로 아껴주었던 그 시절 그날의 눈빛이 고스란히 담겨 있었다.

눈물이 그렁그렁해졌던 조백호는 어느 순간 피식 웃고 말았다.

"승암이 이 녀석. 말도 안 되는 짓을 저질렀구나."

잠시 후.

객방에서 짐을 꾸려 내려오는 그와 주지 스님이 마주쳤다.

"어딜 가시는 겐가?"

"읍내에요. 화구 좀 사와야겠습니다. 법당 벽면의 그림이 많이 낡았더군요."

"다시 붓을 들 생각인가 보군."

조백호는 객방 한쪽에 걸려 있는 '얼굴 없는 여인상' 아니, 이제는 아내의 젊은 초상화가 되어 버린 그림을 떠올렸다.

"그려 봐야죠. 제 그림을 이토록 좋아해 주는 사람이 있으니."

"잘됐네. 자넨 여기서 풀뿌리나 캘 상이 아니야."

Space : 서울 골동품점의 지하 창고.

Effect : 고미술품 전문가의 다방면에 축적된 경륜을 경험할 수 있다.

Relic : 천재로 추정되는 동양화가의 붓.
Effect : 미상.

Object : 그림 '얼굴 없는 여인상'.
Effect : 조백호 화백이 꿈에도 그리워하는 그 여인의 화사한 얼굴을 그릴 수 있다.

34.
악토버 스카이 (1)

"이제 된 건가요, 어르신?"

민호는 잠꼬대 같은 말을 중얼거리며 땀이 범벅된 채로 눈을 떴다. 정신이 들자마자 오른손에 꼭 쥐고 있던 붓을 바라보았다.

"휴."

주황빛은 흡수되어 사라지고 없었다.

'감사히 사용하겠습니다.'

김승암에게 정보를 듣고 난 후, 나름의 동양화 공부까지 끝마치고 유품의 시험에 들었음에도 3일이란 시간이 걸렸다.

사방이 꽉 막힌 골방에 양반다리를 틀고 앉아, 매화도 그려 보고, 난도 쳐 보고. 운치 있는 산수화와 세밀한 인물화를 수도 없이 반복했다.

'가만. 무슨 그림을 마지막으로 그렸더라?'

한두 장이 아니다 보니 기억이 가물가물했다. 나중에는 그릴 것이 없어서 떠오르는 것을 닥치는 대로 그려댔었다. 3일간 꿈속에서 그린 그림의 개수만 헤아려도 수백 장은 족히 되리라.

덕분에 '정신과 시간의 화방'에 들어가 동양화 공부만 몇 년 하고 나온 것처럼, 붓을 놀리던 손끝의 감각만은 생생했다.

"바로 확인부터 해볼까?"

아침 댓바람부터 거실에 화선지를 펼치고 자리를 잡은 민호의 모습은 후배들의 호기심을 자극했다.

"이제는 서예에도 취미를 붙이셨어요?"

가람의 물음에 문구점에서 사온 동양화용 전통 안료를 꺼내 화선지 옆에 내려놓은 민호가 대답했다.

"서예는 아니고, 동양화."

붓의 주인이 활동했을 시절과는 달리 이제는 물만 묻혀도 간편하게 색색의 물감을 활용할 수 있는 시대였다. 붓을 손에 잡자마자 그 사실에 잔뜩 흥분한 듯 손끝의 감각이 마구 살아나는 것이 느껴졌다.

'뭘 그릴까?'

민호는 새하얀 화선지에 시선을 돌렸다. 밑그림을 위해 붓에 물을 묻히고 검은 안료를 톡톡 찍자 민호의 머릿속으로 간밤에 숱하게 그렸던 자연스러운 풍경 하나가 스쳤다.

슥슥.

일필휘지로 그려 내려가는 풍경은 달빛 아래 자리한 멋들어진 기와집의 모습이었다. 실제 그 자리에 서 있는 것만 같은 사실적인 묘사가 민호의 붓끝에서 정교하게 피어올랐다.

"대, 대박."

A4용지 크기의 그림 한 점이 5분 만에 뚝딱 완성됐다. 처음부터 끝까지 지켜본 가람은 믿어지지 않는다는 얼굴이 되어 민호의 손을 바라보았다. 눈도 거의 깜박이지 않고 보게 될 만큼 신기한 붓놀림이었다.

"와, 신기하네. 민호 형. 어떻게 그렇게 그리는 거예요?"

"그냥 선 쭉 그리고, 색 요렇게 섞어서 칠하면 돼."

민호는 아직 그림에 덧붙일 구석이 느껴져 그도 모르게 붓을 놀렸다. 선을 긋고 색을 칠하자 기와집 마당에 순식간에 사람 하나가 생겨났다.

"요렇게."

"헐."

가람은 '어때요, 참 쉽죠?'라고 말하는 듯한 표정의 민호를 보며 할 말을 잃었다. 석 달 전만 해도 게임밖에 모르던 선배는, 알게 모르게 취미의 범위가 넓어지더니 이제는 동양의 밥 아저씨 된 것처럼 굴고 있었다.

"룰루~"

이제는 아예 그림을 그리는 데 푹 빠져 고개조차 돌리지 않았다.

'생각하는 그대로 그려져.'

동양화의 대가가 된 것만 같은 기분. 민호는 지금 그린 그림을 원유훈 아저씨나 김승암 화가에게 보여준다면 어떤 말을 들을지 궁금해졌다.

취미로 그린 그림이 며칠 전의 경매에서 본 것처럼 최소 1억의 가치를 지닐 수 있다면, 그야말로 꿩 먹고 알 먹는…….

민호는 자신이 무의식중에 그림에 덧붙이는 부분들을 보다가 고개를 갸웃했다.

기와집 안방의 문 앞에 급하게 벗은 듯한 두 쌍의 남녀 신발이 놓여 있었다. 마당에는 술상을 들고 방으로 들어갈지 말지를 망설이는 여종이 그려져 있는 상태였다.

안방문의 창호지에 작은 구멍이 하나를 표현하는 점을 콕 찍은 민호는, 밖의 분위기를 통해 그 구멍 안에서 벌어지고 있을 일을 자연스레 상상하게 된다는 사실에 놀랐다.

"이건……."

며칠 동안 동양화 공부를 해온 민호였기에 딱 감이 왔다. 이것은 상상력을 자극하는 맛이 일품이라는 한국 전통의 춘화였다. 그것도 수준급의.

"민호 형, 이거 분위기가 은근히 야하네요. 흐흐."

"그만 가라. 정신 사나우니까."

손을 훠이 저어 가람을 쫓아냈다.

민호는 붓을 들고 있으면 잘 그린 동양화에 이상한 포인트를 자꾸 덧붙여 버린다는 사실에 잠시 갈등했다.

'에이, 설마.'

아닐 것이다. 유품의 시험 내내 그렇게 멋들어진 산수화를 그려냈는데 그런 붓의 주인이 춘화 전문 동양화가일 리가 없다.

고민하던 민호는 움찔 놀라고 말았다.

꿈속에서 지친 와중에 어떤 그림을 그려 유품의 시험을 통과했었는지가 머릿속에 번뜩였기 때문이었다.

-하하, 어르신. 이 처자는 말이죠. 빅토리아 시크릿 화보를 찍는 외국 처자인데요. 빅토리아 시크릿이라는 건 고급 속곳 전문 장인들을 말해요.

골방에 틀어박혀 동양의 붓 터치로 완성한 미란다 커의 비키니 그림. 풀잎에 맺혀 또르르 흘러내리던 산수화 속의 아침 이슬은 육감적인 서양미녀 가슴 위에서 또르르 굴러갔다.

그걸 완성하자마자 붓의 주인은 흡족해하며 단박에 '정신과 시간의 화방'에서 내보내 주었다.

'크음.'

화요일의 스케줄을 위한 출근길.

"좋은 아침입니다~"

활기찬 인사를 건네는 공 매니저와는 달리 민호는 붓에 깃든 무언가 때문에 살짝 정신이 팔려 있었다.

'고고한 선비일 줄 알았는데 자유분방한 예술가셨어.'

출근 전까지 몇 장 더 그려 봄으로 그 끼를 확실히 느꼈다. 단아한 규수의 치마를 시스루로 표현해 그 안쪽까지 공들여 묘사하는 재간을 부릴 때는 그도 모르게 손뼉을 탁 쳤을 정도였다.

'실력은 좋은데 말이야.'

아무리 대단한 그림이라도 그것이 춘화풍이라면 차마 남에게 보여줄 수가 없었다. 이렇게 된 이상 붓의 주인이 남몰래 지니고 있던 욕망을 어떻게 케어해서 쓰는지가 향후 이 유품을 활용하는 관건이 될 것이다.

"민호 씨. 주말에 난리 났던 거 아십니까?"

밴을 출발시키며 공 매니저가 물어왔다. 민호는 금요일 밤에 방영됐다가 다음 날 포탈사이트 검색어를 하루 종일 점령

한 '청춘일지 동물원 편' 얘기라 생각하고 고개를 끄덕였다.

"기사는 저도 봤어요. 차지석 사육사님이 동물원에 손님이 3배로 늘었다고 전화도 주셨어요. 동물원 측에서 무슨 공로패? 이런 걸 준다기에 거절했죠."

"민호 씨가 출연했는데 그 정도는 당연한 반응입니다. 안 그러냐, 시완아?"

"그럼요."

공 매니저와 김 코디가 기분 좋은 웃음을 터트렸다. 김 코디가 신이 나서 말했다.

"저희 어머니도 청춘일지 보시고 바로 전화 오셨다니까요. 그 딩고 애들 어떻게 됐냐고. 민호 형 팔 괜찮냐고."

"시완이 너, 스포 안 했지? 그 결과 이번 주 방송 전까지 절대 말하면 안 된다."

"암요. 대충 둘러댔어요."

공 매니저는 도로의 신호에 정차하자 서류 하나를 들어 민호에게 넘겨주었다.

"요즘이 가을 개편 시즌인 건 아시죠? 잘나가는 케이블은 물론이고, 공중파의 PD님들 상당수가 민호 씨 출연을 부탁하는 전화를 하셨습니다. 수도 없이 받아서 누가 누구인지도 헷갈릴 정도였다니까요."

민호는 개편이 예정된 시간대 프로그램들을 쭉 살펴보았

다. 인터넷 방송 형식의 실험적인 예능부터, 주말 황금시간대의 버라이어티까지 가짓수도 다양했다.

“이 프로그램 전부 섭외 요청이 들어왔다고요?”

“그렇다니까요.”

백미러를 통해 자랑스럽다는 듯 민호를 바라보던 공 매니저가 물었다.

“결정은 온전히 민호 씨 몫입니다.”

“글쎄요. 기존 프로에서 출연진과 포맷만 변한 것도 있고 아예 새로운 것도 있고. 이것만 봐서는 잘 모르겠네요. 공 매니저님 생각은 어떠세요?”

공 매니저는 새 예능 중에 포인트로 집어 놓은 몇몇 프로그램을 말하기 시작했다.

“……‘달인의 조건’ 나영광 PD님은 아주 파격적인 출연료 배팅을 하셨습니다. 기획 단계부터 민호 씨가 원하는 포맷을 반영해 줄 수 있다면서, 원하시는 출연진도 섭외가 가능하다고 덧붙이셨죠. ‘맨&정글’ 정진호 PD님은 생존과 탐험에 관련된 모든 준비와 훈련을 무상으로 지원해 주시겠다고 하셨습니다.”

민호는 공 매니저가 추천해 준 것 모두 일정 수준의 전문가들과 어울리며 행동하는 것임을 깨닫고 나쁘지 않다는 생각이 들었다. 전문가가 많은 곳일수록 애장품이 있을 가능성이 크니까.

"괜찮아 보여요. 파리 스케줄 끝나면 이것 중에서 선택하는 걸로 하죠."

잠시 후. 강변북로를 벗어난 밴이 한 아파트 단지의 입구에 도착했다.

창밖을 내다보던 민호는 도로 한쪽에 기타를 짊어지고 서 있는 새하얀 얼굴의 아가씨를 발견했다.

"이설아!"

민호가 밴의 문을 열고 소리치자 윤이설이 고개를 홱 돌렸다. 달려오려는 그녀에게 민호가 손을 들어 진정하라는 동작을 해 보였다.

"천천히 뛰어! 촬영 시작하기도 전에 다치지 말고."

"네, 대표님!"

윤이설이 활짝 웃으며 천천히, 그러나 한달음에 밴으로 다가왔다.

오늘 민호의 스케줄은 윤이설과 함께하는 예능 출연이었다. '더 스마트'에서 인연을 맺은 천상중 PD가 연출하는 NTV의 인기 예능 '더 스쿨 라이프'. 다양한 연령대의 연예인들이 다시 복학하여, 꿈과 미래를 위해 열공 중인 실제 학생들과 어울리는 프로그램.

시기도 적절하게, 이번에 방문할 학교가 바로 윤이설의 모교였다. 그랬기에 많은 게스트가 밀려 있음에도 윤이설이 바로 출연할 수 있었다.

"다들 안녕하세요! 오늘 잘 부탁드려…… 엄마!"

경쾌하게 올라타던 윤이설은 기타가 문에 턱 걸려 허우적거리다 민호의 손에 붙들려 겨우 중심을 잡았다.

"괜찮아?"

"아, 죄송해요."

"침착해, 이설아. 첫 예능이니까 어느 정도는 방송 의식하고, 너의 이 덜 침착한 면모를 최대한 들키지 말아야지. 가식 막 떨어야 해."

"미리 죄송해요, 오빠."

"뭐?"

"노력해도 안 되는 게 있더라고요."

윤이설은 이렇게 말한 뒤 헛웃음을 짓는 민호에게 순진무구한 미소를 지어 보였다.

"뭐, 그것도 네 매력이니까. 알겠다."

'대표님만 믿어요'라는 눈길이 된 윤이설을 보며 민호는 그녀의 이마를 콩 하고 튕겼다.

"믿지 마."

"에헤."

대표 대리에서 진짜 대표가 된 이후, 민호가 느끼는 책임감은 막중해졌다. 다른 누구도 아니고 윤이설의 본격적인 활동이 될 프로그램이었다. 민호는 이 프로그램에서 만큼은 충실히 그녀를 보필할 생각이었기에 솔솔 피어오르는 부담감을 고개를 휘휘 저어 날려 보냈다.

"촬영에 들어가면 내가 시키는 것만 하도록."

"넷!"

공 매니저는 떠들썩한 두 사람을 지켜보다 윤이설과 눈이 마주치자 고개 숙여 인사했다.

"어서 오십시오, 윤이설 씨. 그렇게 입으니 딱 여고생이네요. 잘 어울립니다."

"정말요? 졸업식 끝나고 8개월 만에 입은 거라 어색하면 어쩌나 싶었는데."

윤이설이 기타 케이스를 가지런히 정리해두는 동안 밴이 출발했다. 그녀를 조용히 지켜보고 있던 민호가 물었다.

"너 학교 다닐 때도 가방 대신 기타 들고 다녔어?"

"거의요."

"공부는?"

이 질문에 운전 중인 공 매니저와 김 코디를 흘끔 살펴본 윤이설이 민호의 귓가에 대고 소곤거렸다.

"뒤에서 세는 게 빨랐어요."

음악만 했다는 소리에 민호는 피식 웃었다. 윤이설이 눈을 치켜떴다.

"오, 오빠. 웃으면 다 알잖아요."

"뭘 부끄러워해. 나도 비슷했어. 운동부랑 성적 대결했지."

"에이, 오빠가요?"

"내 가방에는 키보드랑 마우스만 있었어."

APM이라 불리는 컨트롤 속도를 늘리기 위해 키보드와 마우스를 들고 와 쉬는 시간 내내 두드렸던 시절. 그때는 국영수보다 게임의 단축키와 생산 빌드 짜는 것에 온 신경을 쏟았었다.

공부 엄청 잘했을 것이라 예상했었는지 윤이설이 놀란 표정을 지었다. 그러다 민호의 옷을 보고 물었다.

"오빠는 교복 안 입어요?"

"입어야지."

촬영 직전에 갈아입는 것이 생활이 된 터라 아직 민호는 지급받은 교복을 입지 않고 있었다. 김 코디가 뒷좌석에서 잘 다려놓은 옷 한 벌을 꺼내 들었다.

"민호 형, 여기요."

"땡큐."

버릇처럼 상의를 훌렁 벗어젖히는데 그것을 빤히 쳐다보고 있는 윤이설과 눈이 마주쳤다.

"왜요?"

"너는 괜찮을지 몰라도 나는 좀 부끄럽다 야."

"아……."

윤이설이 얼굴이 확 붉어져 고개를 돌렸다. 집에서 훌렁훌렁 옷을 잘 갈아입는 남동생과 아버지 때문에 별생각 없이 지켜보고 있던 것뿐이었다.

"오해예요, 오빠."

"뭐가? 엉큼한 거?"

"아, 아니요!"

민호의 농담에 얼굴이 잔뜩 붉어져 있던 윤이설은 갑자기 생각났다는 듯 물었다.

"오빠, 오늘 등교하는 것부터 촬영 시작 맞죠?"

"응."

"저 다닌 학교 말인데요. 주임 선생님께서 되게 깐깐하셔서 복장 불량하면 교문에서 바로 제지당했어요."

"그래?"

민호는 교복을 다 입은 채로 윤이설의 어깨를 툭 건드렸다.

"난 어때?"

고개를 돌린 윤이설이 민호의 아래위를 훑었다.

"이러면 걸려요. 명찰은 학교마크 위쪽에. 넥타이도 살짝 삐뚤어졌어요. 똑바로 매야죠."

나름대로 옷매무새를 갖췄다고 생각했으나 그게 아니었다.

"그렇게까지 본다고?"

"매의 눈이세요."

민호가 넥타이 정리까지 끝마치자 윤이설은 손가락을 둥글게 말아 'OK'를 만들었다.

"됐어요. 이러면 통과."

"남자 교복인데 잘 아네."

"익현이 때문에요. 거기 2학년이에요, 지금."

"공부 잘한다던 남동생 맞지? 잘하면 만나겠어."

"저는 좋은데 걔는 질색하더라고요."

"왜?"

"웃지 마요."

윤이설은 입가로 손을 가져가 다른 사람이 들리지 않게 속삭였다.

"맨날 집에서 사고 치던 바보누나가 밖에서 화장하고 예쁜 척하니까 이상하대요. 아는 척하지 말라고."

신랄한 동생의 평가에 웃음이 나온 민호는 억지로 그것을 참았으나 이내 '풉' 하고 터지고 말았다.

"오빠……."

윤이설이 괜히 말했다는 표정이 되었다.

"아하하. 미안. 생각해 보니까 이설이 넌 방송용 표정보다는 평소 모습을 보여주는 게 괜찮을지도 모르겠다. 공 매니저님은 어떻게 생각하세요?"

"저도 윤이설 씨의 자연스럽고 엉뚱한 매력을 보여주는 것이 좋아 보입니다. 예능은 캐릭터거든요. 척척, 항상 새로운 해결법을 보여주는 민호 씨의 스마트한 이미지처럼요."

차창 밖으로 멀리 한 고등학교의 정문이 보였다.

"다 왔다. 준비해, 이설아."

민호는 사전에 지급받은 교과서가 담겨 있는 가방을 어깨에 걸었다.

10월 초.

출국 전의 마지막 스케줄이 시작되는 날의 가을 하늘은 더없이 높고 푸르렀다.

동암고교의 정문은 촬영 중인 카메라가 몇 대 자리해 있다는 것을 제외하면, 무척 일상적인 학교의 등교 모습을 하고 있었다.

정문을 지나치는 학생들의 복장을 꼼꼼하게 체크하고 있던 학생주임 이학명은 바지를 한껏 줄여 입고, 넥타이가 학교 것이 아니라 다른 종류인 것이 확 티가 나는 스물 중반의 학생을 보자마자 “거기!” 하고 큰 목소리를 냈다.

“저요?”

복학 예능 ‘더 스쿨 라이프’의 고정 출연진, 진규는 찔끔한 표정으로 이학명 앞에 섰다.

“전학생인가?”

매서운 학생주임의 포스에 진규는 고개만 끄덕였다.

“옷 꼬라지가 말이 아니군. 따라 해. 동암고의 교칙 하나. 교복은 교복답게 입는다.”

“교복은 교복답게 입는다.”

“멋을 부리고 싶으면 학교가 아니라 클럽에 간다.”

“멋을 부리고 싶으면…….”

지나가던 학생들이 이 광경에 입을 가리고 키득거렸다.

촬영 시작부터 꼬인 진규는 그의 옆을 지나쳐 등교하는 다른 출연자를 발견하고는 손가락을 번쩍 치켜들었다.

“강민호!”

“진규야. 너도 출연해?”

“나 이거 고정된 지 한참 됐어. 몰랐냐?”

“요새 워낙 바빠서 체크를 다 못 했어. 암튼 이따 보자.”

민호가 손을 흔들며 교정 쪽으로 걸어갔다.

‘바쁜 척은!’

진규는 속으로 혀를 쯧쯧 찼다.

"선생님. 쟤는요? 쟤 바지도 이상하지 않아요?"

진규의 트집에 이학명의 고개가 돌아갔다. 민호의 복장은 어디 하나 나무랄 곳이 없었기에 흡족한 표정과 함께 고개를 돌렸다.

"저쪽은 전에 다녔던 학교에서 모범생이었나 보군. 자네와는 다르게 말이야."

"모, 모범생이요? 강민호가요?"

"운동장 한 바퀴 돌고 들어가. 첫날이라 봐주는 거야."

진규의 눈은 이글이글 불타올랐다.

그동안은 설렁설렁 했던 프로였다. 학창시절의 자신은 엘리트였으니까. 그러나 강민호가 출연한다는 소식을 듣자마자 동암고교에 대해서 다방면의 조사를 끝마쳤다.

작년도 수능시험 국영수 표준 통계에서 전국 50위 안에 든 입시가 주목적인 인문계 고교. 동아리 활동도 활발하고, EBS에도 나온 적 있는 유명 선생님들까지 포진해 있는 명문 학교였다.

맛깔스러운 공부비법. 신이 나는 동아리 활동. 담임 선생님의 총애.

주목받을 만한 맞춤 대응을 모조리 준비해 왔다.

'여기서 만큼은 내가 너보다 위다, 강민호!'

진규는 오늘내일 존재감을 확실히 드러내 강민호의 분량을 제로로 만들어 버리겠다는 열정에 불타올랐다. 때문에 운동장 한 바퀴도 단박에 돌았다.

"민호 씨. 잠시만 대기해 주세요. 인터뷰 하고 들어가세요."

작가의 부름에 교무실에 들어서려던 민호가 고개를 돌렸다. 복도 한쪽을 살펴보니 등교한 출연진마다 인터뷰 형식의 촬영을 진행하고 있음이 눈에 들어왔다.

따로따로 등교했기에 민호보다 한참 전에 들어갔던 윤이설이 VJ의 카메라를 향해 말했다.

"무척 설레요. 좋아했던 선생님들도 그대로고, 동아리도 남아 있고. 첫사랑 총각 선생님이요? 그런 건 없었어요."

수줍어하는 윤이설.

"수업 잘 받을게요."

카메라를 향해 손을 흔든 그녀가 교무실로 들어갔다. 다음은 중년 배우 임광규의 인터뷰였다. 머리가 일찍부터 벗겨져 스물 후반부터 나이 든 역할만 했다는 그는 멋쩍은 웃음으로 인터뷰를 마무리했다.

"평생 선생님 역할만 할 줄 알았거든요. 제가 학생이라니 느낌이 새롭네요."

이윽고 민호의 차례가 왔다.

민호는 카메라 뒤편에 서 있는 천 PD에게 고개를 꾸벅 숙인 후에 작가들이 들고 있는 질문지를 바라보았다.

"공부요? 못했어요. 프로게이머가 되겠다고 정신이 없었거든요. 잘하는 과목은 딱히 없었고 좋아하는 과목은……."

민호는 가방 안에 챙겨온 붓을 떠올렸다.

"미술 정도?"

적당히만 조절하면 어느 정도의 미술지식은 써먹을 수 있을 것이다.

"아, 이게 시간표예요?"

작가 중 한 명이 오늘 일정이 적혀 있는 표를 내밀었다. 야간자기주도 학습까지 포함된 시간표는 생각보다 빡빡했다. 그나마 다행인 것은 체육과 미술 시간이 포함되어 있다는 것.

"내일 시간표는 없어요? 비밀? 뭔가 꿍꿍이가 있어 보이는데. 알겠습니다. 열심히 수업 받을게요."

인터뷰를 끝마친 민호는 교무실 문을 열고 안으로 들어섰다.

'응?'

크게 기대하고 있지는 않았다. 그러나 한 선생님의 책상 위에서 반짝거리고 있는 애장품을 발견하자 민호의 눈도 그와 같이 반짝거리기 시작했다.

'분필꽂이?'

칠판에 필기할 거리가 많은 선생님의 필수품. 민호는 책상 앞에 멈춰 손때가 묻은 플라스틱 분필꽂이에 검지를 톡 대어 보았다.

–선우, 너는 또 왜 빈칸 제출이야? 꿈이라든지, 해보고 싶은 거라든지. 잘 생각해 봐. 채워 넣을 건 무궁무진해.

–할 줄 아는 게 없어요, 선생님. 반장처럼 머리가 좋은 것도 아니고.

빛이 흡수되면서 애장품에 깃들어 있던 추억 하나가 번뜩였다.

민호는 그가 서 있던 바로 그 자리에서 장래에 대해 상담 중인 학생이 된 듯한 기분이 되어 애장품의 주인인 젊은 선생을 마주 봤다.

추억 속 선생은 들고 있던 종이로 학생의 머리를 툭 때렸다.

–윤석아, 재능이니 뭐니 신경 쓰지 말고 좋아하는 걸 해. 졸업하고 사회에 나가면 지 하고 싶은 거만 열심히 하던 애들이 성공하더라.

–공부 못해도요?

–그럼. 학생의 본분은 시험 성적이 아니라 시험을 대하는 자세야. 너 야구부 김명식 알지? 애는 다 찍고 그냥 자서 맨날

전교 꼴찌 하잖아. 이 정도 막장만 아니면 돼.

–이번엔 명식이 꼴찌 아닐걸요? 저 가채점 해보니 평균 13점이었어요. 이번엔 명식이가 더 잘 찍은 것 같더라고요. 헤헤.

–……엎드려.

훈훈했던 상담은 졸지에 오지선다 시험에서 정답을 5분의 1도 맞히지 못한 제자에게 사랑의 매를 드는 광경으로 변했다.

그리 찍을 바에는 한 번호로 맞추라느니, 윤리 선생님은 3번을 선호한다느니 하는 애증 어린 팁도 이어졌다.

그것이 왠지 정겨워 보여 킥킥대던 민호는 책상 한쪽에 붙어 있는 빛바랜 단체 사진에 시선이 머물렀다. 이 애장품의 주인이 첫 담임을 맡았던 때의 학생들이었다.

'이 사람이구나.'

개구쟁이 같은 얼굴을 하고 있는 꼴찌 학생 장선우. 지금은 뭘 하며 지내고 있을까?

드르륵.

교무실의 문이 열리는 소리와 함께 퍼뜩 정신을 차렸다.

"누구지?"

애장품으로 엿보았던 추억 속 젊은 선생이 나이 지긋한 노신사가 되어 민호의 눈앞에 섰다. 민호는 애장품의 주인임을 깨닫고 곧바로 고개를 숙였다.

"오늘 새로 전학 온 강민호라고 합니다."

"전학? 아, 그 촬영? 2학년 3반 담임 홍도섭이네. 반가워. 연예인이라 그런지 잘생겼어."

악수를 청하는 홍도섭에게 민호는 공손히 손을 내밀었다. 홍도섭은 붙잡은 민호의 손 위에 다른 손을 올려 꼭 쥐더니 말했다.

"우리 애들 연예인 물 좀 안 들게 조심해 주게. 이놈들이 아직 어려서 멋진 것만 보고 그 외의 것은 보지 않으려 들거든."

싱긋 웃는 홍도섭. 단박에 연예인이란 직업의 장단점을 꿰뚫는 듯한 그의 눈매에는 수십 년 동안 교직에 있으면서 아이들을 상대해 온 교사의 연륜이 고스란히 담겨 있었다.

악수를 끝마친 민호는 한동안 책상 위의 분필꽂이를 바라보았다.

'어떤 능력일까?'

홍도섭의 담당 과목은 국어였으나 국어와 관련된 지식이 떠오르진 않았다. 아직 애장품을 건드렸던 여운이 남아 있었기에 조심스레 고민하던 민호는 휴게실 한쪽에 교복을 입고 앉아 있는 다른 출연진들에게 시선이 머물렀다.

수업시간에 잠만 자다 점심시간만 되면 눈이 말똥말똥해졌을 개그맨 양세호. 공부는 못했어도 청소는 깔끔하게 해냈을 것 같은 남자 아이돌 황지훈. 모범생이었을 것이 분명한 아나운서 김동주. 매일 지각했을 것 같은 배우 임광규.

그리고…….

민호는 멍하니 교정을 내다보고 있는, 평범치 않은 재능을 지닌 4차원 소녀 윤이설을 보고 있다가 깨달았다.

홍도섭은 학생들을 보면 나중에 뭐가 될지 귀신같이 짐작하고 있었다. 그리고 그것에 맞는 교육과 조언을 아끼지 않는다.

'이런 분께 가르침을 받을 수 있다는 건 무척 행운이겠어.'

"선생님."

"응?"

"저쪽에 있는 사진, 제자 분들 맞죠?"

사진으로 눈을 돌린 홍도섭의 눈가에 따스함이 맴돌았다.

"그렇지. 지방에 발령받았던 초임 때니 벌써 20년 정도 됐군."

"저분들 지금은 어떻게 지내고 있을까요?"

"별말 없으니 잘살고 있겠지."

무소식이 희소식이라는 홍도섭의 짤막하지만 아쉬운 대답. 거기서 섭섭해하는 듯한 기색이 느껴졌다. 민호는 고등학교 때 게임이 인생 전부가 되면 안 된다고 걱정해 주었던 은사님께 전화 한 번 드려야겠다는 생각이 들었다.

"야, 강민호! 너도 옷 줄였잖아!"

교무실로 진규가 들어섰다. 민호는 진규에게 시선을 돌렸다가, '야자 땡땡이치고 여자 만나러 다녔을 뺀질이'라는 홍도섭의 시선을 느끼고 속으로 피식 웃었다.

"다 오신 것 같네요."

휴게실에 둘러앉은 출연진들에게 천 PD가 입을 열었다.

"서로 친분 있는 분들끼리 조를 짰으니 서먹하진 않으실 겁니다."

개그맨 양세호와 아이돌 황지훈이 2학년 1반으로. 아나운서 김동주와 배우 임광규가 2학년 6반으로.

'나랑 이설이는 3반이네.'

민호는 홍도섭의 반으로 가게 됐음을 확인하고 애장품을 활용할 기회가 올 것 같아 속으로 나이스를 외쳤다. 그러다 옆에서 함께 나이스를 외치는 중인 진규와 눈이 마주쳤다.

'쟤는 왜 좋아하지?'

진규가 자신에게 본때를 보여주기 위해 이를 갈고 있다는 사실을 알 턱없는 민호였다.

"어이, 민호."

'오늘의 주역은 내가 될 테니 긴장해라'라는 눈빛이 된 진규가 코웃음을 치며 말했다.

"홍도섭 선생님, 어떤 분인지는 아냐?"

"아까 인사해 보니 좋은 분 같던데."

"뭐야, 그 진정성 없는 평가는."

진규는 손가락을 흔들었다.

"동암고가 5년 연속 명문대 진학률 40%대를 기록하게 만든 일등공신. 최고의 진학상담 부장님이지. 청소년 우수 상담사로 교육부에서 표창도 받으신 분이야."

어깨를 으쓱하며 자랑하듯 사전에 익힌 정보를 늘어놓는 진규에게 민호는 아까 애장품의 시선으로 보았던 것이 진짜일지 궁금해 물었다.

"너 학교 다닐 때 장래희망이 뭐였어?"

"당연히 래퍼지. 그것도 명문대 나온. 간지 나지 않냐?"

"그 간지로 픽업 아티스트 하려던 건 아니고?"

"무슨!"

정곡을 찔린 듯한 표정이 된 진규는 아니라는 듯 급하게 고개를 흔들었다. 민호는 담담히 고개를 끄덕였다.

"알았다."

"뭐, 뭘 알아?"

시간표를 보느라 여념이 없었던 윤이설이 고개를 들었다.

"오빠, 픽업 아티스트가 뭐예요?"

"이설이 너는 절대 만나면 안 되는 직업 있어."

윤이설이 물끄러미 바라보자 진규는 더욱 찔끔하여 딴청을 피우기 시작했다.

"이후의 모든 일정은 같은 반 학생들의 일정과 같습니다. 저녁 식사 후에 개별 인터뷰 시간이 있을 거예요. 그럼, 학교 잘 다녀오십시오."

천 PD의 말이 끝나고, 출석부를 들고 대기 중이던 담임 선생님들이 다가왔다.

홍도섭은 출석부에 새로 포함된 이름을 살피며 말했다.

"박진규. 박진규가 누구지?"

"네, 선생님!"

진규가 벌떡 일어나 홍도섭 옆으로 쪼르르 달려갔다.

"진규라고 불러 주십시오."

"연예인 끼가 다분한 친구군. 멋쟁이야. 여자한테 인기 많겠어."

"그야……."

홍도섭의 칭찬에 살짝만 으스대려던 진규는 민호의 말이 떠올라 움찔했다. 아니다. 여자한테 인기 끌려고 연예인 하는 거 아니라고!

그사이 윤이설과 민호도 다가왔다.

"선생님. 안녕하셨어요!"

"졸업하더니 아가씨 다 됐네."

"헤헤. 미용실 언니가 화장 좀 해줬어요."

혀를 쏙 내밀며 부끄러워하는 윤이설에게 홍도섭이 장하다는 듯 말했다.

"애들한테 가수 됐다는 얘기 들었다. 이설이 너 가면 난리 나겠어. 반에 연예인 되겠다고 야자 빠지고 오디션 보겠다는 애들 꽤 많거든."

열심히 경청하고 있던 진규가 재빨리 끼어들었다.

"그런 거라면 선생님! 공부와 힙합. 둘 다 잡은 저에게 상담해 주십시오."

"진규. 아니, 진규 군이 그래 주면 고맙지."

"저만 믿으십시오, 하하!"

윤이설이 민호를 가리켰다.

"맞다, 음악 오디션이면 저희 대표님도…… 흡."

민호는 번개같이 윤이설의 입을 틀어막았다. 그리고 홍도섭을 향해 눈웃음을 그리며 말했다.

"선생님, 아침 조회시간 다 됐는데 올라갈까요?"

"내 정신 좀 봐. 여기서 이럴 게 아니지."

교무실을 나서며 민호는 윤이설에게 작게 귓속말을 건넸다.

"오늘은 나도 그냥 학생이야. 내 얘기 말고 널 자연스럽게 드러내는 것에만 집중하도록."

"네, 오빠."

민호가 이 프로그램에 출연한 목적은 하나였다. 윤이설이 예능에 적응할 수 있도록 돕는 것. 그 외에 것은 아무렴 상관없었으나 귀찮은 일을 떠안을 것만 같은 일은 최대한 자제하는 것이 옳았다.

"야, 민호."

진규는 위기감이 엄습한 표정으로 민호의 어깨를 붙잡았다.

"응?"

"너희 레이블 이름이 뭐냐?"

"알아서 뭐하게."

"왜? 디스라도 할까 봐 겁나?"

"스타피스. 앨범 낸 가수라고는 두 명뿐이니까 신경 쓰지 마."

대수롭지 않게 대답한 민호는 앞서 걷는 홍도섭과 윤이설을 따라 2층 계단으로 향했다.

"제길, 깜박하고 있었어."

진규는 요 근래에 차트를 휩쓸고 있는 윤이설과 이상건의 듀엣곡을 떠올리며 입술을 질끈 깨물었다.

손대는 곡마다 히트곡이 되는 무지막지한 프로듀서 앞에서 음악 한다고 거들먹거렸다가는 큰코다치기 십상. 진규는 학교 공부 외의 것은 최대한 언급하지 말아야겠다고 다짐했다.

0교시, 조례.

2학년 3반의 교실은 최신 설비는 아니었으나 깨끗하고 아담했다.

담임이 앞문을 열고 들어서자 30여 명의 남녀 학생들이 초롱초롱한 눈이 되어 시선을 집중했다.

"왔어, 왔어."

"우리 반은 누구야?"

뒤이어 윤이설이 조심스레 한 발을 내딛자 남학생들 사이에서 "우와~" 하는 감탄이 터져 나왔다. 정문에서 걸리긴 했지만, 교복을 멋들어지게 바꿔 입어 옷 태가 남다른 진큐가 들어서자 이번엔 여학생들 쪽에서 감탄이 일었다.

민호는 별생각 없이 들어섰다.

"강민호!"

"민호 오빠가 우리 반이야!"

반 친구들과의 첫 만남은 난데없는 환호와 함께 시작됐다. 연예인 소식에 한창 민감할 나이긴 하지만 민호는 자신이 예상보다 인기가 많다는 것에 놀랐다.

"세계대회는 언제 나가요?"

"딩고 어떻게 됐어요?"

앞 열에 앉아 있던 학생들이 곧바로 물어오자 민호는 담담히 웃으며 대답했다.

"WCG는 다음 주고, 딩고는 잘 있어."

교탁 앞에 선 홍도섭이 들어선 세 사람을 가리켰다.

"오늘 새로 온 전학생들이다. 한 명씩 칠판에 이름 적어 놓고, 자기 소개해 주겠어?"

홍도섭이 칠판 구석에 '새로 온 친구'라는 제목으로 작은 상자를 그렸다. 그리고 분필을 윤이설에게 넘겼다.

이름을 적어 둔 윤이설은 모두의 눈이 그녀를 향하자 뺨이 살짝 붉어졌다.

"나는 윤이설이야. 20살이고. 올해 졸업했어. 혹시 여기서 작년 축제 때 나 본 사람 있어? 없지?"

"누나 노래하다 넘어진 거요?"

앞자리 남학생의 말에 반 전체에 웃음이 흘렀다.

"봐, 봤구나……. 이제는 잘 안 넘어져."

민호는 수줍어하더니 생각보다 말을 잘하는 윤이설을 흐뭇하게 지켜보았다. 그녀의 소개가 끝나자 교실 안에 박수갈채가 이어졌다.

다음은 진큐였다. 진큐는 칠판에 'JinQ'라는 영문 이름을 적었다.

"내 이름 다 알지? 진큐. 편하게 형이나 오빠라고 불러."

쿨한 인사 뒤에 진규는 옷깃을 슥 매만지며 말했다.

"나 수능 만점. 쉬는 시간에 질문 받는다."

이 말에 "우오오!" 하는 감탄사가 곳곳에서 들려왔다.

뒤이어 민호의 차례가 왔다. 칠판에 이름을 적은 후 고개를 돌린 민호가 말했다.

"안녕. 프로게이머였다가 어쩌다 보니 연예인이 된 강민호라고 해."

서른 쌍의 초롱초롱한 눈길을 마주하자 민호는 그도 모르게 입가에 홍도섭이 지었던 따뜻한 미소가 그려졌다.

아마도 손에 쥐고 있는 홍도섭의 분필꽂이 때문일 것이다. 민호는 그리 소중하다 생각지 않았던 학창시절의 기억들이 새록새록 떠오르는 것이 느껴졌다.

교과서를 까먹고 가져오지 않아 온 반을 배회하며 친구들에게 빌리던 모습.

숙제가 밀려 친구 옆에 앉아 다급하게 베끼던 순간.

수업 중간, 선생님께서 해주는 재밌는 이야기에 웃다가도 앞으로 쉬는 시간이 얼마나 남았나 계산하던 때.

점심 내내 신나게 놀다 5교시 수업에 들어가자마자 꾸벅꾸벅 졸음이 쏟아질 때의 나른함.

가까운 과거인 줄만 알았던 학창시절이 아득히 먼 시절처럼 그리워지는 것은, 이때만큼 세상 물정 상관없이 순수하게 지냈던 시기가 또 없었기 때문이리라.

"공부는 진규에게 음악은 이설이한테 물어보면 되겠고. 프로게이머에 대한 건 나한테도 언제든 물어봐. 아, 사육사에 대한 것도. 이건 비교적 최근에 겪었으니까. 메이크업이나 패션 쪽도 경험담 정도라면 괜찮겠다. 법원이나 응급실 쪽 일도 원한다면 가능하고……."

쭉 늘어놓는 민호의 말에 진규의 눈이 휘둥그레졌다.

조용히 있다 조용히 가려던 생각은 저 멀리 날아가 버렸음에도 민호는 왠지 저들과 어울리며 친구가 되어보고 싶다는 생각이 들었다. 학창시절을 학생답게 보내보지 못했던 아쉬움을 이 촬영 기간 동안만이라도 달래 볼 수 있게 말이다.

1교시, 국사.

진규는 교과서를 꺼내 오늘의 수업 범위를 살피고 있는 옆자리의 민호에게 시선을 던졌다.

"네가 그리 나올 줄이야."

"뭐가?"

"됐어. 역사는 좀 알아?"

민호는 교과서를 빠르게 넘기며 중얼거리면서도 진규의 물음에 대답했다.

"잘 모르는데, 국사는 많이 읽고 이해하면 되는 거 아닌가?"

"그게 벼락치기로 되겠냐? 암기는 요령이야."

진규의 음성에 좌우에 있던 학생들이 눈을 반짝이며 고개를 돌렸다. 진규는 헛기침을 한 뒤에 말했다.

"나는 국사 요점정리 외울 때 노래를 부르듯이 박자를 맞춰 했지. 임진왜란, 정유재란 해전 순서 같은 경우, 옥포~해전 사천전~투. 당~포해전……."

랩을 하듯 술술 내뱉는 진규를 보며 학생들이 놀란 표정을 지었다.

"알겠어?"

"네. 네."

진규의 랩을 따라 해보는 학생들 틈에서 민호가 책을 덮었다. 서은하를 만나기 전에 숱하게 읽은 국제정세 관련한 복잡한 이슈와는 달리, 국사 교과서는 체계적이고 간단했다. 오늘 수업할 범위도 반지를 통해 3분 정도 빠르게 외우면 가능한 수준이었다.

잠시 쉬고 있는 민호를 보며 진규가 히죽 웃었다.

"왜? 외우다 보니 안 되겠어?"

"아니, 수업 범위가 생각보다 적어서. 시사 칼럼 수준 정도네."

"칼럼은 무슨. 여기가 무슨 퀴즈쇼 푸는 곳인 줄 아냐?"

괜한 자랑하지 말라는 진규의 눈길에 민호가 물었다.

"진규야, 수능 만점자에게 궁금한 게 있는데."

"뭐?"

"임진왜란 말이야. 1592년 음력 4월 13일에 일본 선봉장 고니시 유키나가가 배 700척, 병사 18,700명을 데리고 쳐들어왔잖아. 경상우수사 원균은 왜 90척이라고 보고했을까? 경상감사 김수는 400척으로 보고했는데 말이야."

"어? 그건……."

시험에 나올 포인트만 쏙쏙 외우고 있던 진규는 민호의 디테일한 물음에 순간 말문이 막혔다.

"4월 18일에 가토 기요마사가 2만 2천을 부산에, 구로다 나가마사가 1만 1천을 김해로 밀고 들어왔잖아."

"그, 그렇지."

"우리 조상님들 엄청 난감했겠어."

진규는 슬쩍 국사 교과서를 펼쳤다.

'이 자식 이거 뭐야? 진도 나갈 부분 몰래 달달 외워 왔어?'

2교시, 한문.

어릴 적부터 900개의 상용한자를 머릿속에 빼곡하게 채워두었던 한자영재 진규는 설마 하는 마음으로 민호에게 물었다.

"한자 좀 하나?"

"잘 모르지만 쓰는 건 웬만큼 가능할 거 같아."

"뭔 소리냐?"

"그게……."

민호는 가방에서 붓을 꺼내더니 잉크를 살짝 찍어 노트 위에 오늘 수업할 시조를 적었다. 그 필체는 펜으로 찍찍 그리는 진규와는 비교도 할 수 없을 정도로 품격이 흘러넘쳤다.

"너 학교 다닐 때 서예반이였냐? 붓도 들고 다녀?"

"그냥 취미 삼아 틈틈이."

진규는 '스읍' 하고 숨을 들이쉰 후에 자신의 노트를 덮었다.

'한자는 후퇴. 다음 시간에 보자.'

3교시, 수학.

"미분? 그게 뭔데?"

연립 방정식도 잘 모른다던 민호. 그러나 수학 선생이 "전학생. 한번 풀어 보겠어?" 하는 물음을 던지자 걸어 나가 칠판에 쓱쓱 해답을 적어냈다.

교과서에는 없는, 선생님도 놀랄 만큼 명쾌하고 간결한 해답이었다.

진규는 눈이 왕방울만 해졌다.

"어, 어떻게?"

"깜박했네. 어제 '더 스마트' 촬영이었잖아. 아직 남아 있었어."

"뭐가!"

4교시, 화학.

점심시간 직전의 수업은 과학실에서 하는 터라 반 전체가 이동을 시작했다.

"내가 H대 들어갈 때 경영학과랑 화학공학과를 고민했었잖아. 너희 H대 화학공학과 경쟁률이 10:1인 거 모르지?"

진규의 주위에 모여 있던 학생들이 이 말에 '오오!' 하고 감탄했다.

민호는 윤이설과 함께 복도를 걷다가 물었다.

"수업은 들을 만해?"

"잘 몰라서 지루할 것 같았는데, 뜻밖에 재밌었어요. 카메라가 있어서 그런가? 잠도 안 오더라고요. 이렇게 공부했으면 대학도 가는 건데."

"지금이라도 늦지 않았어. 재수해. 내가 대표 권한으로 팍팍 밀어줄게."

"마, 말이 그렇다는 거죠."

'ㄱ' 자로 꺾인 복도를 돌아가니 곧바로 과학실이 보였다. 진규는 문 앞에 서 있다 막 도착한 민호에게 물었다.

"너 화학은 진짜 모르는 거 맞지?"

"몰라."

"모른다고 했다."

"아까부터 왜 자꾸 그런 걸 물어?"

진규는 '화학에서 만큼은 질 수 없다'는 결연의 표정으로 과학실 문을 열었다.

수업 종이 울리고, 화학 선생이 들어왔다.

"오늘은 여러 가지 시약을 이용해서 불꽃 반응을 알아보는 실험을 할 거예요. 절차대로 잘 진행하는지, 실험보고서의 화학반응식은 정확한지. 다음 시간에는 이것으로 실기시험도 볼 테니까 설명 잘 들으세요."

수업 내용을 잘 모를 전학생 셋은 각자 흩어져 다른 학생들 조에 섞여 실험을 진행했다. 금속마다 다른 색으로 타며 불꽃 반응을 내는 것을 조사하는 실험과 그 결과를 적는 과정이 이어졌다.

실험이 마무리되어 갈 무렵.

진규는 노란색 불꽃을 내는 가루를 나트륨으로, 파란색 불꽃을 내는 가루를 구리로 판별해 보고서에 적은 뒤 민호 쪽을 흘끔 바라보았다.

"그러면 그렇지."

구경만 하고 있을 뿐 실험에 주도적으로 참여하고 있지도 않았다. 이 수업은 아무리 봐도 자신의 승리!

불꽃을 신기하다는 듯 바라보고 있던 민호는 보고서에 적혀 있는 화학반응식을 혹시 물어볼지 몰라 반지를 착용하고 외우기 시작했다.

'응?'

사방에서 불을 피워대는 통에 요원이 자주 만졌던 화약의 냄새가 진동했다. 그래서인지 민호의 머릿속으로 번뜩이는 생각이 있었다.

"너희 이걸로 폭죽 만들 수 있는 거 알아?"

"폭죽이요?"

실상은 폭약이지만, 원리는 비슷했다.

"잘 봐봐."

민호는 사기그릇에 질산칼륨을 곱게 갈아 넣고, 철가루와 숯가루를 섞었다. 연소 시에 사용하라고 준 성냥에서 황을 긁어내어 담자 순식간에 기본 장약이 완성됐다.

장약을 손가락만 한 크기의 종이에 말아 넣고 금속 가루를 연소시키는 통에 안착시킨 민호가 물었다.

"무슨 색이 예쁠 거 같아?"

"빨간색?"

학생 중 하나의 대답에 민호는 실험하라고 준 스트론튬을 가미하고 성냥을 켰다. 불을 붙이자 치익~하는 소리와 함께

스트론튬의 고운 이온색깔로 뒤덮인 작은 불꽃 분수가 생겨났다.

"뭐야, 저거?"

"우와!"

짧지만 화려하게 타오른 불꽃 분수에 학생들의 시선이 모조리 민호의 실험대로 쏠렸다.

"이봐 전학생!"

화학 선생이 놀라서 뒤늦게 달려왔다. 단순한 폭죽이었기에 연기만 남았을 뿐 실험대는 깔끔했다.

"함부로 장난치면 안 돼요."

"죄송해요."

꾸중을 들었으나, 화학 시간이 끝날 때까지 학생들 입에 화젯거리로 오른 것은 단연 민호가 만들어낸 불꽃 분수였다.

12시가 되자 점심시간을 알리는 종이 울렸다.

진규가 민호의 앞에 다가왔다.

"강민호……."

"뛰어."

"응?"

"이설이가 그러는데 줄 빨리 안 서면 30분 뒤에 먹는다네."

윤이설은 이미 저만치 달려 나가고 있었다. 민호가 내달리자 진규도 따라 달렸다.

"강민호오오오!"

점심이라도 민호보다 빨리 먹기 위한 진규의 질주가 시작됐다.

35.
악토버 스카이 (2)

점심시간.

반찬을 모조리 쓸어 담을 듯 식판에 꾹꾹 눌러 담으며 즐거워하던 진큐는, 저만치 뒷줄에서 윤이설과 다정하게 대화 중인 민호를 보고는 표정이 굳어졌다.

이겨도 이긴 게 아닌듯한 기분.

남녀공학의 로망 중 하나라면, 반에서 가장 예쁜 소녀와 단둘이 마주앉아 점심을 먹는 것이라 할 수 있다. 서로의 얼굴을 보며 풋풋하고 애틋한 감정을 반찬 삼아서 말이다.

남중, 남고 코스를 밟은 진큐가 꿈에서도 시도해 보지 못한 것을 민호 저 녀석은 이루고 있었다.

"부러워하면 지는 거다."

고개를 흔들며 애써 무시하려는 진규의 식판 위로 고기가 듬뿍 담겨 있는 국그릇이 올려졌다.

"배 많이 고팠나 보네. 맛있게 먹어, 학생."

"아, 감사합니다."

국을 배분 중인 식당 아주머니의 별것 아닌 친절에 진규는 시큰한 감정을 느꼈다. 그래, 지금은 강민호에게 휘둘릴 때가 아니다. 아직 후반부 수업도 남아 있고, 내일은 비장의 무기까지 준비하지 않았던가.

한때는 명사의 어록을 꿰고 다녔던 명언영재 진규는 이 상황에서 자주 쓰이는 말 하나를 알고 있었다.

'인내는 쓰고 열매는 달다.'

진규가 빈자리에 앉은 뒤 얼마 후, 민호가 그 앞에 식판을 내려놓았다. 옆에 함께 있어야 할 로망소녀가 보이지 않아 진규가 물었다.

"윤이설은?"

"예전 동아리 후배들 만났어. 그쪽이랑 먹는데."

"같은 소속사인데 버림받았냐?"

"뭐, 내가 낄 자리는 아니잖아."

진규가 고개를 돌려보니 두 손을 맞잡고 한참 수다를 떨고 있는 여고생 무리가 눈에 들어왔다. VJ들 상당수가 그쪽에 몰려 있었다.

'그래도 반나절같이 있었다고 나랑 먹고 싶은가 보지?'

'흥' 하는 웃음과 함께 시크하게 국을 한 숟가락 뜬 진규가 말했다.

"노래 괜찮더라."

"응? 무슨 노래?"

"왜 이래. '애타는 청춘' 말이야. 우리 회사 후배가 이번에 낸 싱글이 거기에 밟혀서 계속 2위하고 있다. 그 유명한 정효림과 듀엣한 건데."

"아, 그 노래? 내가 한 거 아니야. 상건이 형이랑 이설이가……."

"후우, 됐어."

계속 떠들면 질투하는 듯한 모습으로 비칠 것 같아 진규는 묵묵히 밥 먹는 것에만 열중했다.

"참, 진규야."

"왜?"

"너 내일 뭐 하는지 알아? 아까 쉬는 시간에 스텝들에게 물어봤는데 도통 안 가르쳐 주네. 반 애들은 그냥 수요일 시간표대로 움직이는 줄로만 알고 있고."

"그야……."

진규는 대답을 해줄지 말지 고민에 빠졌다.

"너 이 프로그램 모니터 한 번도 안 해봤지?"

"응. 이설이 때문에 꼽사리 출연한 거라."

"쯧쯧. 둘째 날은 대부분 학교 측과 짜고 힘든 일을 해. 지난번 학교에서는 대청소. 그 전번에는 체력장. 끝나고 학생들이 원하는 가수 불러서 특별공연을 하지."

"그런 거였어? 괜히 걱정했네. 몸 고생하는 거야 익숙해."

"후후."

진규는 손가락을 흔들었다.

"내일은 그런 거 아니다."

"아니라고? 넌 어떻게 알아?"

"내가 아이디어를 냈거든."

절대 비밀이라고 말해주지 않으려는 듯한 진규의 표정에 민호는 주머니에서 안경을 꺼내 슬쩍 착용했다. 그리고 이런 저런 얘기를 해보기 시작했다.

"몸 힘든 거 아니면 머리 아픈 거겠지? 경시대회? 중간고사는 아닐 테고. 막 모의고사 같은 거 종일 보고 그러진 않겠지? 입시 위주 학교라고 했으니 가능하려나?"

'모의고사'라는 단어에 속으로 움찔한 진규는 식판에 시선을 고정한 채로 민호 쪽으로 고개를 돌리지 않았다. 어떻게 아무 말도 하지 않았는데 알아챈 거지?

'귀신같은 녀석.'

그렇다 해도 2주간 틈틈이 공부했다. 진규는 고2 수준의 모의고사에서라면 만점 받을 수 있다는 자신감이 흘러넘쳤다. 이것이야말로 최종적으로 승리할 수밖에 없는 비장의 한 수!

"여기들 있었구나~"

1반으로 갔던 개그맨 양세호가 진규의 옆에 식판을 내려놓았다. 아이돌 황지훈도 민호의 옆에 앉으며 고개를 꾸벅 숙였다.

양세호는 앉자마자 두툼해 보이는 뱃살을 통 두드리며 한숨을 내쉬었다.

"어우, 나 완전 쪽팔렸잖아. 영어 시간에 본문 읽는데 발음이 자꾸 꼬이는 거야. 지훈이 쟤는 영어에 일어에 중국어까지, 발음이 날아다니더라."

"언제 일본이나 중국 공연을 할지 몰라서요."

"봤지? 요즘 데뷔하는 아이돌 장난 아니야."

고정인 양세호가 게스트 황지훈 띄워 주기에 나섰다. 그러나 진규는 황지훈이 아무리 날고 기어봤자 민호가 오전의 수업시간 내내 했던 것들의 반 푼어치도 활약 못 했을 것을 알았기에 코웃음만 나왔다.

'진짜 장난 아닌 놈은 옆에서 밥만 먹고 있다고.'

진규는 언젠가 민호가 BBC와 인터뷰한 영상을 본 적 있었다. 토익에 대단히 자신 있는 문법영재 진규였으나 헝가리어를 술술 말하는 영상 앞에서는 할 말을 잃을 수밖에 없었다. 고등학교 제2외국어 과정에 그게 없어서 망정이지.

"너희는 어땠어? 분량 많이 뽑았나? 민호 씨는 재미있었어?"

서로가 반나절의 수업 소감을 나누는 사이 식사가 끝났다. 이들이 자리에서 일어나자 옆에서 연예인 구경 중이던 학생들이 우르르 물러섰다.

"애들아. 우리 무서운 사람 아니야."

양세호가 손을 흔들며 웃었다. 그의 동글동글하고 귀여운 외모를 보며 입을 가리며 웃는 여학생들. 윤이설이 앉아 있는 테이블 쪽에서도 구경하러 온 남학생들의 왁자지껄한 대화 소리가 들려왔다.

식판을 반납한 양세호가 말했다.

"진규야. 너희 반이랑 우리 반 5교시 합동체육이던데?"

"그래?"

체육에 대해서는 별 준비를 해오지 않은 진규에게 양세호가 의미심장한 눈웃음을 지으며 말했다.

"이따가 반 대항 축구 내기라도 할까? 지는 쪽이 상대 반에 아이스크림 쏘는 걸로. 대신 우리는 다 풀타임으로 참여해야 한다."

이 정도의 이벤트야 할 법했다. 진규는 그러다 장딴지의 근육이 남달라 보이는 건장한 체격의 아이돌 황지훈에게 시선이 머물렀다. 딱 봐도 운동 잘할 것 같아 보였다.

"지훈이 너 운동했다고 하지 않았냐?"

"네, 축구를……."

순순히 대답하는 황지훈의 입을 양세호가 얼른 틀어막았다.

"얘는 좀 하지만, 내 몸을 봐. 너랑 민호 씨는 호리호리하니 잘 뛰잖아. 균형 딱 맞아."

진규는 거절해야 함을 직감했으나 VJ의 카메라와 기대하는 눈길로 바라보고 있는 학생들 앞에서 차마 몸을 사릴 수가 없었다.

"어이, 민호."

"응?"

식판을 반납하고 물을 마시고 있는 민호에게 진규가 물었다.

"너 축구 좀 해?"

"글쎄……."

"글쎄가 뭐야. 좀 하면 하고, 아니면 아닌 거지."

"키퍼 정도는 적당히 볼 수 있을 것 같아."

"으휴."

수준이 낮을 것이 뻔한 축구에선, 공격수와 수비진이 잘하면 키퍼는 게임 끝날 때까지 두 손 놓고 있어도 된다.

'어차피 지는 거면 나라도 공격진에서 멋지게 싸우는 모습 보여주고 주목받는 걸로 퉁쳐야겠어.'

진규는 결심하고 양세호를 바라보았다.

"세호 형. 아이스크림은 싸구려 말고, 31가지 파는 거기로 해. 개인당 맛 2가지씩 고르는 거다."

"콜!"

5교시, 체육.

운동장 단상 앞에는 2학년 1반과 3반 학생들이 체육복을 갖춰 입고 열을 맞춰 서 있었다. 학생 주임이자 체육 선생인 이학명의 구령과 함께 준비체조가 시작됐다.

"……다섯, 여섯, 일곱, 여덟. 운동 전에 충분히 관절을 풀지 않으면 다칠 확률이 높다. 그러면 조퇴를 받으러 교무실로 달려가 이러겠지. '담임 선생님, 체육 시간에 다쳤어요.' 그러면 누가 욕먹는다?"

이학명은 뺀질뺀질 엉성하게 준비체조를 하는 바로 앞 양세호의 어깨에 손을 올렸다.

"누가 욕먹는다고?"

"체, 체육 선생님이요."

"정답. 양세호 학생은 팔 똑바로 뻗는다."

"실시!"

아침 등교 시간에 당한 것이 있는 진규는 착실히 준비체조에 임했다. 이학명은 흘끔 진규를 보더니 나쁘지 않다는 표정을 지었다.

"이번 시간은 자유 체육이다. 축구대항전을 치를 인원은 여기 남고. 농구는 왼쪽, 피구는 오른쪽 코트로. 졸린 녀석은 정자 아래로. 끝나기 5분 전 집합!"

이학명의 외침에 각자 하고 싶은 운동을 찾아 움직이기 시작했다. 여학생들과 피구를 하러 가려던 윤이설은 떠나며 민호에게 주먹을 불끈 쥐어 보였다.

"잘해요, 오빠."

윤이설의 목소리가 생각보다 컸기에 모두가 쳐다보게 됐다. 그녀는 발그레 미소를 지으며 반대쪽 손도 불끈 쥐었다.

"3반 파이팅!"

그녀의 응원에 같이 가던 여학생들도 손을 들어 올리며 파이팅을 외쳤다. 체육복으로 갈아입은 뒤 탄탄한 근육을 뽐내고 있던 황지훈에게도 이에 질세라 1반 여학생들의 하이톤 응원이 날아들었다.

"지훈 오빠! 파이팅!"

"꼭 이겨요!"

응원은 축구대항전에 출전하는 선수들의 가슴에 불을 지

폈다.

"다들 모여."

1반과 3반. 각기 11명의 인원이 운동장 중앙에 마주 선 가운데 이학명이 말했다.

"전반 15분, 후반 15분으로 하자. 페어플레이 다짐의 악수 실시!"

민호는 상대 쪽 키퍼로 나온 양세호와 악수를 나누었다.

"민호 씨가 키퍼?"

"그렇게 됐어요."

"지훈이한테 골 많이 먹을 텐데 괜찮겠어? 그냥 수비해. 저 귀여운 윤이설 양도 응원하는구만."

양세호의 눈길에는 황지훈에 대한 무한한 신뢰가 담겨 있었다.

민호는 이 경기에서 그다지 주목받고 싶은 마음이 없었다. 그보다는 내일, 힘든 모의고사 뒤에 있을 깜짝 공연 때 윤이설도 무대에 오르는 방법이 있을지가 더 고민이었다.

"지면 아이스크림 쏘면 되죠."

"워~ 사람 좋네. 민호 씨, 예능 그렇게 하면 많이 안 나와. 진큐처럼 해야지. '더 스마트'인지 뭔지에서는 민호 씨가 날아다녀도 여기서는 재가 에이스거든."

목소리를 낮춰 걱정까지 해주는 양세호의 말에 민호는 입가에 적당히 미소를 띤 채 고개만 끄덕였다.

"우리 열심히 해보자고."

"네."

양세호가 손을 흔들며 반대편 골대로 이동했다. 곧이어 1반과 3반 선수들이 운동장 전역에 자리를 잡았다.

1반은 그 와중에 구색을 갖춘다고 황지훈을 원톱으로 하는 4-2-3-1의 포메이션을 취했고, 3반은 진규를 중심으로 수비 숫자를 늘린 5-4-1의 포메이션을 취했다.

삐이익!

이학명의 휘슬과 함께 가위바위보에서 이긴 진규가 먼저 공을 찼다.

민호는 첫 진격 중인 3반 선수들을 보며 생각했다.

'그러고 보니, 나 체육시간에 제대로 뛰어 본 적이 있던가?'

자유롭게 놀라고 놔두면 항상 그늘을 찾아 앉아 있곤 했었다. 운동을 못하는 데다 취미가 없었으니까.

"마이볼!"

"여기 비었어! 막아!"

민호는 한동안 공 차는 건 한 사람인데 너도나도 소리를 지르며 열정적으로 달려드는 모습을 지켜보았다. 저들을 보고 있자니, 축구를 잘해서 저렇게 열을 내는 것이 아니라는 생각이 들었다.

그냥 같이 뛰어노는 것이 흥겨워 보인다는 것. 민호는 왠지 같이 소리 지르며 저들 틈에 끼어들고 싶다는 생각이 들었다.

"진큐야, 달려!"

민호의 응원에도 진큐를 중심으로 한 공격은 채 페널티에어리어 근처에도 가보지 못한 채 몰려든 수비에 막혔다.

"지훈이한테 패스해!"

1반의 역습이 시작됐다. 황지훈은 공을 받자마자 무서운 속도로 드리블을 시작했다. 후방에 남아 있었던 3반 수비수 하나가 달려들었으나 가볍게 따돌려 버리고, 뒤늦게 달려온 수비는 따라붙지 못할 속도로 내달렸다.

황지훈이 순식간에 페널티에어리어에 도착했다. 수비수는 전무한 상황.

"망했어!"

날쌘 황지훈을 막지 못한 수비들이 머리를 쥐어뜯었다. 진큐도 황지훈이 이 정도까지 잘할 줄은 몰랐기에 '대기권 돌파 슛'이 나와 주기만을 간절히 염원했다.

'재 정말 잘하잖아?'

민호는 반지를 낀 손과 손목에 차고 있는 점자시계에 힐끗 시선을 두었다.

TV 속에서 본 국가대표 키퍼들은 공격수의 움직임을 눈이 아닌 본능적 감각으로 느끼고, 공을 막으려 든다. 진규에게 키퍼를 보겠다고 한 것은 축구는 몰라도 이 두 개라면 적어도 감각만큼은 출중해져 공을 막을 수 있지 않을까 싶어서였다.

'해볼까?'

민호는 점자시계를 터치했다.

황지훈이 공을 앞으로 살짝 차 놓고 '타닥' 하며 도움닫기를 하는 소리. 전력질주로 거칠어진 호흡. 등 뒤에 자리한 축구 골대에서 풍기는 쇠 냄새가 한꺼번에 느껴졌다.

비어 있는 곳을 노리는 슛이 이어졌다.

위력적인 드리블에 비해 슛은 그다지 빠르지 않았다. 요원의 본능 때문인지 증가한 감각들 때문인지는 모르나 민호는 생각보다 슛 방향을 예측하는 것이 수월함을 깨달았다.

자세를 낮추고 있던 민호가 몸을 옆으로 날리며 날아드는 공을 캐치했다. 공은 마치 패스를 한 것마냥 민호의 가슴 안으로 빨려들었다.

"나이스!"

"와, 민호 형!"

머리를 쥐어뜯고 있던 수비수들이 손을 번쩍 들었다. 진규는 숙달된 키퍼 같았던 민호의 깔끔한 동작에 설마 하는 표정이 됐다. "에이, 아닐 거야. 신은 공평해" 하며 고개를 흔들었다.

"올라가!"

민호가 깊숙이 가라는 손짓을 했다. 황지훈을 쫓아 줄줄이 들어왔던 1반 선수들도 다급히 뒷걸음질을 쳤다. 있는 힘껏 골킥을 날리자 공이 포물선을 그리며 중앙선 근처에 안착했다. 공을 차지하기 위한 치열한 다툼 끝에 진규가 공을 따냈다.

"가자!"

"넣어요, 진규 형!"

3반의 공격은 양세호 근처까지 도달했으나 공격진의 미숙한 드리블과 어설픈 슈팅 탓에 몰려든 수비수들의 벽을 뚫지 못했다.

"아오!"

다시 역습 상황.

황지훈이 이번에도 달려와 슈팅을 날렸다. 아까는 긴장해서 위력이 없었다고 말하는 듯, 슛의 속도와 각도가 제법 매서웠다.

점자시계의 감각 유지 시간은 3분.

민호는 아직 유지되고 있음에 안도하며 가까스로 몸을 날려 공을 쳐 냈다.

"또 막았어!"

"대박, 지금 몸 뒤집는 거 봤어?"

경기에 별 관심이 없었던 낮잠파도 축구 경기를 흥미 있게 지켜보기 시작했다.

진규가 튕겨 나간 공을 받아 중앙선을 넘다 1반 수비의 태클에 걸렸다. 황지훈이 번개같이 이어받아 위력적인 드리블을 펼쳤다.

민호는 일단 황지훈만 막으면 될 것 같아 수비수들에게 외쳤다.

"그냥 전부 달려가! 나머지는 내가 어떻게든 해볼게."

황지훈을 막기 위해 수비수들이 우르르 따라붙었다. 황지훈은 다섯이나 되는 수비수 러쉬에 차마 돌파를 못 하고 옆 사람에게 패스했다.

노마크 찬스에 놓인 1반의 윙어가 공을 강하게 찼다. 점자시계의 감각을 다시 활용하려면 기다려야 하는 상황이었기에 민호는 살짝 긴장했다.

뻐엉!

'응?'

민호는 윙어가 공을 찼을 때 들려온 소리에서 전혀 위기감이 들지 않아 설마 하는 마음으로 주시했다.

"공 어디가!"

"골대로 차라고!"

윙어의 발끝에서 어느 일본 축구 선수의 전매특허, '신칸센 대탈선 슛'이 펼쳐지자 심판을 보고 있던 이학명까지 폭소했다.

시간은 순식간에 흘렀다.

황지훈을 필두로 치명적인 역습을 퍼붓는 1반의 전술과, 감각적으로 골대를 지켜내는 야신 민호의 대결이 전반 15분 내내 흥미진진하게 펼쳐졌다.

삐이익!

후반을 위한 3분의 휴식 시간이 찾아왔다. 3반 선수들이 원으로 둥글게 모였다.

"민호 형 없었으면 오 대 빵이었겠어요. 황지훈 완전 잘하네."

"키퍼가 든든하니 한 골만 넣으면 이길 것 같죠?"

"어떻게든 1점 내봐요!"

이 말에 진규의 어깨만 축 늘어졌다. 민호는 이마에 땀이 흥건한 진규를 보며 말했다.

"골대는 내가 최대한 틀어막을 테니까 걱정 말고 공격에만 힘써."

"그러지 않아도 죽도록 뛰고 있다."

"자, 이기자!"

민호가 먼저 손을 내밀자 다른 선수들도 손을 모았다. 아이스크림을 사는 것이 전부인 내기였으나, 민호는 어느새 승리에 몰두하게 되는 자신을 발견했다.

후반의 시작은 1반의 공격으로 시작됐다.

황지훈이 예의 드리블로 치고 올라오다 패스를 시도했다. 공을 넘겨받은 윙어가 앞쪽으로 공을 다시 밀었다. 작전을 짠 것처럼 깔끔한 2:1 패스에 단체로 몰려들었던 수비진이 한순간에 무력화됐다.

'이거, 위험해.'

민호는 단독으로 페널티에어리어에 들어선 황지훈을 보며 털끝이 곤두서는 기분을 느꼈다. 전반 내내 수차례의 슛이 막혀서인지 황지훈도 섣불리 슛부터 하지 않고 민호의 눈치를 살폈다.

점자시계를 터치한 민호는 반사신경만으로는 막을 수 없는 각도까지 황지훈이 달려든 것을 확인하고 주머니에서 회중시계를 꺼냈다.

찰칵. 째깍째깍.

거칠어진 황지훈의 호흡소리와 운동장 흙바닥의 먼지 냄새가 민호의 감각을 파고들었다. 민호는 3분이나 앞을 지켜볼 시간적 여유가 없었기에 회중시계를 바닥에 떨어뜨리며 앞으로 달려 나갔다.

공을 채가기 위해 손을 뻗는 자신과 그것을 본 황지훈이

슛을 하는 순간이 머릿속에 번뜩였다. 결과는 공을 톡 건드렸을 뿐인 자신의 패배. 그대로 공이 골대 안으로 파고드는 영상이 보였다.

황지훈이 실제로 공을 찼다.

민호는 앞으로 자빠지듯 몸을 날리며 엿본 미래보다 조금 더 이를 악물고 팔을 높게 뻗었다.

텅!

손바닥에 맞고 뒤로 튕겨 나가는 공. 통통거리며 굴러가는 공은 골대 기둥을 맞고 그대로 코너킥이 선언되어 버렸다.

뒤를 생각하지 않고 달려들었던 민호가 흙바닥을 뒹굴었다.

"으으."

슈팅이 또 실패하자 크게 아쉬워하던 황지훈이 꿈틀거리는 민호를 부축했다.

"괜찮으세요?"

"아, 괜찮아요."

민호가 흙투성이가 되어 자리에서 일어났다.

"저걸 막았어!"

"아놔, 무슨 프로 경기 보는 줄 알았네."

슈퍼 세이브에 환호하는 3반 선수들. 전반 내내 툴툴거렸던 진규조차도 이 선방에는 '대박'이라고 중얼거리며 양손을 번쩍 들었다.

민호는 널브러져 있는 회중시계와 바닥을 짚느라 살짝 까진 왼손바닥을 차례로 살피며 속으로 고개를 흔들었다.

'반 대항 경기에 이렇게까지 해야 해?'

경기에 집중하다 보니 짧은 순간 동원할 수 있는 능력을 모조리 써 버렸다. 그래도 좋아하고 있는 3반 선수들을 마주하니 뿌듯한 느낌이 들었기에 민호는 흙을 툭툭 털고 코너킥을 대비했다.

"아직 끝난 거 아니야!"

시원하게 솟아오른 축구공은 높고 푸른 10월의 하늘에 닿았다가 바닥에 떨어졌다.

경기 후, 휴식 시간.

민호는 수돗가에서 머리에 물을 흠뻑 적신 채 운동장 스탠드에 그대로 드러누웠다.

반 대항 축구 경기의 결과는 1:0.

양세호와 정면으로 충돌하는 투지를 보이다 골대 안으로 공이 함께 들어가 버린 진규의 기적 같은 운. 그것으로 아이스크림은 1반 출연자들이 사는 것으로 정해졌다.

3반 학생 하나가 다가왔다.

"민호 형! 무슨 맛 드실래요?"

"아오, 나는 됐어."

승리의 주역 중 하나인 민호는 정작 물만 벌컥벌컥 들이켜 아이스크림을 입에 대고 싶은 마음조차 일지 않았다. 30분 내내 쉬지 않고 뛰었던 진규도 민호의 옆에 축 늘어졌다.

"진규 형은 무슨 맛 드실래요?"

"나도 됐다."

한동안 손부채질만 하던 진규는 격전의 흔적이 선명한 민호의 체육복을 살피더니 말했다.

"간만에 축구 재밌게 했다."

"그러게."

"나 때문에 이긴 거 알지? 아니면 우리 비겼어."

"그래, 그래."

"뭐, 네가 키퍼 아니었으면 황지훈 저 녀석한테 발리기는 했을 거야. 운동 좀 해야지 이거. 아직 스물넷인데 펄펄 나는 스물한 살 앞에 있으니 노땅 같잖아."

민호는 아무 생각이 나지 않고 온몸이 노곤한 이 느낌이 마냥 좋아 대수롭지 않게 고개만 끄덕였다. 그러다 문득 시합 전에 고민하던 것이 떠올랐다.

"맞다, 진규야."

"왜?"

"내일 모의고사 끝나고 특별 공연. 거기에 이설이도 올랐으면 싶은데, 그게 가능한가?"

"내 모교에 갔을 때 학교 밴드부랑 같이 공연한 적이 있긴 해. 학교 밴드부는 원래 특별 공연 오프닝 무대에 오르거든."

"아, 그래?"

마침 아이스크림을 들고 걸어오는 윤이설이 보였다. 민호는 끙 하는 신음과 함께 스탠드에서 일어났다.

"이설아!"

민호의 부름에 아이스크림콘을 맛있게 할짝거리며 룰루랄라 좋아하고 있던 윤이설이 쪼르르 달려왔다.

"네, 오빠."

"너 학교 다닐 때……."

일부러 묻힌 것은 아닐 테지만, 윤이설의 코에 거품처럼 살포시 묻어 있는 아이스크림은 그녀의 천진난만한 표정과 어울려 무척 귀엽다고 느껴졌다. 민호의 가슴을 두근거리게 하기 충분할 만큼.

민호는 윤이설이 이대로 학교를 배회했다가는 남학생들 심장을 테러할지 모르겠다는 생각에 손을 들었다. '왜요?' 하는 눈빛이 된 그녀의 콧잔등을 닦아주었다. 그제야 뭘 묻히고 있었던 것을 눈치챈 그녀가 방긋 웃었다.

"촬영 중인데 좀 칠칠맞았죠?"

"괜찮아. 근데 이설이 너 학교 다닐 때 동아리 활동한 게 밴드부 맞지?"
"네, 꽃님들이라고. 아까 점심때 인사한 후배들 보셨죠?"
"오케이. 내일 그 꽃님들 멤버랑 공연하자."
"공연이요?"
민호는 진규를 채근해 들었던 내일의 일과를 설명해 주었다. 윤이설은 고개를 끄덕이다 '앗' 하고 손뼉을 쳤다.
"아까 얘기해 보니까, 새로 뽑은 드럼이 아직 미숙해서 훈련 중이래요. 이제 8비트 연습하던데. 오빠 혹시 드럼 칠 줄 알아요?"
민호는 고개를 흔들었다. 현재 그가 다룰 수 있는 건 윤이설의 하모니카와 이상건의 기타뿐.
"만능인간이 드럼은 못 치나?"
스탠드에서 일어난 진규가 말을 이었다.
"나는 좀 알아. 힙합에서는 비트감 좋은 게 최고라 왕년에……."
진규가 채 말을 다 끝마치기도 전에 민호는 손가락을 탁 튕겼다.
"좋아, 진규. 네가 드럼!"
"아직 한다고 안 했다."
계속 조르면 해줄 거면서 까탈스럽게 튕기는 진규를 보고 있던 민호는 아이스크림을 다시 할짝이는 윤이설의 팔을 잡아끌었다.

"이설아. 잠깐만."

"앗, 차거. 묻었잖아요."

민호는 곧바로 윤이설에게 귓속말을 전했다. 내일 공연의 중요성. 신인인 이상 예능을 나왔으면 주목을 받아야 하는 포인트가 필요함을 역설했다. 한참 듣던 윤이설은 고개를 끄덕이고 진규의 앞으로 다가왔다.

"진규 오빠, 한 번만 도와주시면 안 될까요?"

다시 코에 아이스크림이 묻었다는 사실을 망각한 채로 두 손을 마주 잡고 있는 그녀. 도와주지 않고는 못 배길 만큼의 순수미를 내뿜는 그 모습에 진규는 스르르 무장해제가 되어 가는 것을 느꼈다.

"안 될까요?"

진규는 속으로 '강민호, 이 사악한 녀석'이라고 중얼거리면서도 고개를 끄덕이고 말았다.

6교시, 미술.

수업 직전, 한문 시간에 민호의 붓놀림이 예사롭지 않음을 목격했던 진규가 물었다.

"너, 그림은 잘 그리냐?"

"동양 스타일의 수채화 정도는 취미로 좀 그렸어."

"미술 시간도 볼만하겠어. 나도 취미가 그림이거든."

매시간 비슷한 물음을 던졌으나 부정했던 것과는 달리 이 시간의 민호는 자신감이 넘쳐 보였기에 진규는 약간의 긴장감이 일었다.

드르륵.

탁상에 아그리파 조각상이 자리한 교실 안으로 미술 선생이 들어왔다.

"이번 시간에는 새로 온 친구들도 있고, '소묘의 이해' 진도 나가는 대신 자유 그리기를 할게요."

진규는 라이벌 민호보다 멋진 그림을 뽑아내겠다는 일념 하나로 분발해서 그림을 그리기 시작했다.

그러나…….

라이벌은 정작 수업 도중 얼굴이 확 붉어지더니 갑자기 붓을 내려 버렸다.

진규가 물었다.

"왜 그래?"

"아무것도 아니야."

캔버스 반대편 민호의 그림을 흘끗 살핀 진규도 얼굴이 확 붉어졌다.

평화로운 교정을 한 여인이 걷고 있었다. 늘씬한 비키니를 입은 채로. 몸매의 환상적인 라인과 얼굴 형태는 패션잡지에서 자주 본, 유럽 최고의 슈퍼 모델을 닮았다.

"야, 이거 비방용 아니냐?"

"쉿."

회색 물감을 마구 짜 붓에 묻히는 민호의 행동에 진규가 놀라서 물었다.

"그거 그냥 덧칠해 버리게? 아깝게."

"공개되면 여기 애들 잠 못 자."

민호가 선을 슥슥 그어 모델을 지우자 캔버스 위에는 이내 평화로운 교정만 남았다.

결과적으로는 심심한 그림이 된 까닭에 진규의 그림이 더 높은 평가를 받았으나, 진규는 수업 끝날 때까지 민호가 지워 버린 모델의 봉긋한 가슴이 떠올라 '동해물과 백두산이'를 쉼 없이 중얼거려야 했다.

7교시, 국어.

홍도섭은 2학년 3반 교실 앞에 섰다. 오후 3시 타임에 문을 열면 항상 그래 왔듯 모두 졸음에 겨운 눈이 되어 있을 것으로 생각한 그는, 문을 열자마자 놀라고 말았다.

"쉬라고 만들어 놓은 시간까지 공부하는 건 비효율적이라 이거다. 집중해서 확 끝내 버리는 습관을 기르지 못하면, 새벽 1시까지 독서실에 궁둥이 붙이고 있어봤자 도움이 거의 안 돼.”

“게임에서 지면 세상을 다 잃은 표정 하는 유리멘탈. 이건 안 좋아. 효수 넌 그렇다고? 그럴 거 같았어. 가람이처럼 생겼더라. 아, 가람이도 KG의 프로게이머야.”

“기타 들고 등교하면 꼭 입구에서 이학명 선생님이 붙잡으셨어. 한 곡 뽑고 가라고. 그래서 노래하고 나면 통과시켜 주셨지. 아마도 그때부터 거리에서 공연할 때 자신감 있게 했던 거 같아.”

문을 열고 들어온 것조차 느끼지 못할 만큼 대화에 열중하고 있는 전학생들과 아이들을 본 홍도섭은 싱긋 웃었다. 전혀 다른 세계에서 경험하고 느낀 것을 생생하게 얘기해 줄 수 있는 친구만큼의 자극제는 또 없으리라.

“선생님 오셨어!”

반장이 외치자 몰려 앉아 있던 세 무리가 자기 자리를 찾아 움직였다. 한차례의 소란스러움이 지나고, 교탁 앞에 선 홍도섭이 입을 열었다.

“늘어져 있을 것 같아 진도 빼는 대신 재미난 걸 해보려고 했는데 다들 쌩쌩해 보이네. 진도 나가야겠다. 반장, 지난번에 어디까지 했지?”

“재밌는 거 해요!”

“맞아요, 선생님! 재미! 재미!”

반 학생 모두 한목소리가 되어 외쳤다. 민호는 홍도섭이 이 반의 담임이라 그런지 다른 선생님들보다는 편안한 분위기가 형성됐다는 사실을 느끼며, 함께 "재미!"를 외쳤다.

홍도섭은 미소 띤 얼굴로 말했다.

"지난번 교내백일장 말인데. 심사하다 교감 선생님께서 깜짝 놀라셨다."

"못 써서요?"

"그건 둘째 치고 국어 용법들이 아주 심각해. 이 녀석들아, 담임이 국어 선생인데 인터넷에서 쓰는 가벼운 용어는 자제해야지. '사스가 교감 선생님'은 어디서 온 외계어냐? 내가 쪽팔려서 진짜."

홍도섭의 말에 학생 모두 웃음을 터뜨렸다.

"그런 의미에서. 이번 시간은 아주 재밌는 맞춤법 테스트를 하겠다."

재밌는 거 하자더니 결국 시험이라는 사실에 낚였음을 안 학생 모두 야유를 보냈다.

"성공하면 바로 잘 수 있게 해주마. 대신 실패하면 문법 단락 필사 숙제를 해온다. 협상은 없다. 세 사람씩 나와."

1분단 학생들부터 차례대로 칠판 앞에 섰다.

"옆 사람 커닝하지 말고. 걸리면 그 즉시 탈락이다."

홍도섭이 말한 첫 단어는 '어이없다'였다. 칠판에 옮겨 적기 시작한 학생 하나가 '어이'와 '어의'를 고민하자 곳곳에서 웃음이 터져 나왔다.

"어의는 허준이 어의고. 이 쉬운 걸 몰라?"

한숨을 내쉰 홍도섭은 틀린 한 사람의 이름을 칠판 구석에 적어두었다.

"나 맞춤법은 약한데."

진규의 걱정스러운 말투에 민호도 고개를 끄덕였다. 인터넷 언어에 익숙해진 세대에게 맞춤법은 영어 문법만큼이나 심오한 세계였다.

"'일치얼짱'? 경식아, 이노마!"

"개그였습니다, 선생님."

경식이란 학생은 재빨리 글자 하나를 지우더니 칠판에 '일치월짱'이라 적었다.

"어이구, 두야. 총체적인 난국이군."

1분단 뒤쪽에 앉아 있던 민호와 진규의 차례가 점점 다가왔다.

"'공항장애.' 후, 효수야. 넌 그냥 엎드려라."

"서, 선생님."

"'일해라 절해라?' 가지가지 한다."

"헤헤."

"'사생활치매?' 너도 효수 옆에 엎드려."

"한 번만 다시 쓸게요!"

웃음이 끊이지 않는 교실 안. 이윽고 민호와 진규의 차례가 왔다.

"자, 전학생 두 사람은 뭘 해볼까?"

씩 웃은 홍도섭은 '안 돼'라는 단어를 말했다. 민호는 '되'와 '돼'가 살짝 고민됐으나 그럼에도 쉽다고 생각하며 단숨에 칠판에 적어나갔다.

"민호는 통과. 진규……. '않되'?"

발암이 찾아온 것 같은 홍도섭과 머리를 긁적이는 진규. 교실은 한바탕 웃음바다가 됐다.

민호는 잠을 허락받고 자리에 앉다가 회심의 미소를 짓고 있는 진규를 발견했다. 이상하다는 듯 쳐다보는 민호에게 진규가 히죽 웃었다.

"지금은 맞추는 것보다 센스 있게 틀려서 다 같이 웃는 게 이기는 거다."

"누굴 이기는데?"

"훗."

진규는 어쨌든 이번 시간은 자신이 주목받았다고 흐뭇해 했다. 방송에서 빵빵 터질 시청자들을 기대하면서. 그러나 테스트가 이어지며 진규의 예상을 빗나가는 일이 벌어졌다.

2학년 3반 학생들은 상상 이상이었다. '권투를 빈다'와 '빵

손이 사고'에 이어 '마음이 절여온다'가 나오자, 진규의 '않되'는 언제 그랬냐는 듯 다시 꺼내는 이조차 사라졌다.

청소 시간.

책상을 한쪽으로 밀어놓자, 내내 꽉 차 보였던 교실 안이 이상하게 넓어 보였다. 민호는 먼지떨이로 칠판 위쪽을 쓸어내리다 청소를 지도 중인 홍도섭에게 시선이 머물렀다.

방과 후 활동 전 마지막 7교시는 내내 즐거운 시간이었다. 홍도섭이 테스트를 빙자해 일부러 재미있는 상황을 만들어 주었다는 사실은 분필통을 정리하다 그의 애장품을 건드리게 되면서 깨달았다.

'이 분필꽂이. 자꾸만 그립게 만드네.'

홍도섭의 애장품을 만질 때마다 드는 이 기분의 정체가 무엇인지는 분명했다.

옆자리 친구들과 아무 고민 없이 지낼 수 있는 이 시기가 인생에 다시 오지 않을 소중한 시간이라는 사실. 정작 그 시절에는 알지 못한다. 그것을 안다는 것이 이미 어른이라는 소리니까.

홍도섭은 아이와 어른의 갈림길에 서 있는 학생들에게 최대한 많은 것을 알려주고 싶어 하고 있었다. 그에 동화된 민호는 오늘 쉬는 시간마다 목청을 높여가며 반 아이들과 떠들어 댔었다.

'그랬는데도 아쉬워.'

뭐라도 해야 할 것만 같은 기분에 휩싸인 민호는 청소를 끝내자마자 천 PD를 찾아갔다.

"고려해 보겠지만, 찾을 수 있을지 모르겠습니다."

"꼭 부탁해요."

36.
악토버 스카이 (3)

"민호 오빠!"

기타를 메고 교실 앞을 서성이던 윤이설은 막 계단에서 올라온 민호를 발견하고 얼른 달려갔다.

"꽃님들 멤버 동아리실에 모여 있어요. 음악실 뒤쪽인데 진큐 오빠는 먼저 가 있으신다고……."

"잠깐만."

민호는 윤이설의 팔을 붙잡고 다시 교실 안쪽으로 잡아끌었다.

"왜요?"

"방과 후 활동 시간이 4시부터 6시까지 맞지?"

"네."

"연습은 5시부터 하는 걸로 하자. 그전에 편곡 작업 좀 해야겠어."

"내일 할 노래 벌써 정하신 거예요?"

"곡만 생각해 뒀어."

민호의 다음 말에 윤이설이 놀란 표정을 지었다.

"그래도 돼요?"

"의미도 있고. 괜찮을 거야."

"일단 감을 잡아야 하니까 잠깐만 불러볼래?"

민호는 휴대폰을 꺼내 음성녹음 앱을 켰다. 윤이설의 목소리로 녹음된 곡을 들고 Once에 재빨리 다녀올 생각이었다. 어쨌거나 내일 확실히 주목을 받으려면, 곡부터 그녀의 특색을 살릴 수 있는 방향으로 편곡해야 했다.

"읏차."

윤이설이 책상에 걸터앉은 채 기타를 무릎에 올렸다. 코드를 한번 맞춰본 뒤, 민호와 눈이 마주쳤다. 생긋 웃어 보이는 그녀의 얼굴에는 언제나 그렇듯 노래를 부르기 직전의 설렘이 가득한 눈빛이 담겨 있었다.

"할게요."

이윽고, 그녀의 청아한 목소리가 교실 안을 휘감았다. 보충수업을 위해 복도를 지나가던 학생들이 발길을 멈추고 고개를 돌렸다.

민호는 그냥 맨 목소리만 들어도 감상하기 좋은 것에 놀랐다.

'확실히 이설이는 음악으로 말해야 해.'

40분 후.

택시에서 내린 민호는 정문을 지나 운동장을 가로질렀다.

Once 안에서의 작업은 생각보다 수월했다. 윤이설의 목소리에 절로 가미된 악기의 음은 이제는 듣고 기억할 수 있는 시간이 3분이 되어버린 반지에 의해 모조리 머릿속에 담아둔 상태였다.

'우리 이설이, 내일 빵 뜨는 것만 남았구나.'

휘파람을 불며 음악실이 자리한 부속 건물로 들어서는데, 막 미술실 안에서 걸어 나오던 다른 반의 출연진 두 사람과 마주쳤다.

"민호 씨."

배우 임광규는 얼굴에 알록달록한 물감을 잔뜩 묻히고 있었다. 뒤따라 나온 아나운서 김동주의 얼굴은 깨끗했기에 민호는 무슨 일이냐는 표정으로 두 사람을 바라보았다.

임광규가 얼마 없는 머리를 긁적이며 말했다.

"놀라지 마요. 누구 그림 평가가 좋나 내기를 좀 했거든. 미술부 애들 잔인하네. 예술을 몰라."

"객관적인 거죠, 형님."

"얌마. 너는 야하게 그려서 호응 얻은 거고."

"야하다니요? 취향을 저격한 겁니다."

두 사람은 친한 사람들끼리 반을 배정한 만큼 티격태격하는 모습까지 친근해 보였다. 예능 삼 개월에 풍월을 읊을 정도까지 된 것은 아니지만, 민호는 저렇게 별것 아닌데도 재밌어 보이는 상황은 방송에도 꼭 나온다는 것을 알고 있었다.

"민호 씨가 한번 봐봐. 누가 더 잘 그렸는지."

VJ의 카메라도 켜져 있어 임광규의 요청을 거절할 수가 없었다. 연습 예정 시간은 아직 20분가량이 남아 있고, 민호는 잠깐이면 괜찮을 거라는 생각에 그들을 따라 들어갔다.

물감을 말리기 위해 한쪽에 진열된 그림 가운데, 두 사람의 이름이 붙어 있는 캔버스가 있었다. 임광규는 풍경화, 김동주는 인물화.

"어때?"

"저는……."

민호는 두 사람의 시선을 받으며 그림을 천천히 살폈다.

방과 후 활동으로 미술부를 택했을 만큼 그림에 조예가 있는 두 사람이었기에 상당히 잘 그렸으나, 확실히 몸매 좋은 여자 아이돌을 그려놓은 김동주 쪽이 흥미를 끌었다.

"이거요. 남자라 죄송합니다."

임광규의 분해하는 표정과 김동주의 즐거워하는 표정이 VJ의 카메라에 담겼다.

"동주 너, 내기 한번 더 해. 이번에는 나도 애들 취향 사격한다."

"사격 아니고 저격입니다, 형님. 아무거나 얻어걸려라 하고 막 쏘시게요?"

"아무튼!"

발끈한 임광규가 물감을 지우기 위해 화장실로 향했다. 그야말로 자연스러운 다툼에 함께 웃던 민호는 문득 깨달았다.

오늘 진규와 자신은 저런 어울림을 거의 보여주지 못했다. 이상하게 라이벌 의식을 불태우는 진규는 수업 내내, 체육 시간에조차 누가 더 잘했는지 꼭꼭 따지고 들었다.

'이제부터라도 친근해 보이는 모습을 연출해 볼까?'

민호가 고민하는 사이, 카메라 밖의 작가에게 신호를 받은 김동주가 구석에서 다 말라 있는 그림 두 점에 시선이 머물렀다.

"어? 민호 씨랑 진규 씨 그림도 있네? 3반 미술 했었나 봐요. 와, 잘 그렸다."

미술 선생에게도 칭찬을 받았던 진규의 그림. 반 학생들을 캐리커처 형식으로 담아놓은 그림에 김동주가 감탄했다. 그리고 민호의 풍경 그림에 시선을 돌렸다.

"뭐야, 민호 씨. 정작 본인 그림은 광규 형 과네. 수수하기만 하지 확 당기는 포인트가 없어."

"그래요?"

민호는 너무 적나라해 덧칠해 버린 비키니 그녀를 떠올리며 멋쩍게 웃었다.

드르륵.

얼굴을 씻고 온 임광규가 다가왔다.

"뭐야? 무슨 얘기 중이야? 내 흉봤어?"

"3반 미술 시간에 그림 그렸대요, 형님."

"어디 보자."

임광규는 그림을 살피더니 입을 벌렸다.

"야, 동주야. 미술반 괜히 왔다. 우리보다 잘 그리잖아."

하고 물기가 가득한 얼굴을 툭 터는데, 물방울이 민호의 그림에 튀었다. 아직 코팅제를 뿌린 것이 아니기에 곳곳에 투명한 얼룩이 번졌다.

"어이쿠, 미안!"

"형님! 밖에서 닦고 오세요!"

놀란 임광규의 반사적인 사과에 김동주가 언성을 높였다.

"주책 주책. 이거 어쩌나."

민호는 쥐구멍에라도 들어가고 싶은 표정이 된 임광규에게 괜찮다고 손을 흔들었다. 어차피 크게 주목받을 수 없는 그림인지라 조용히 넘어가는 게 나았다.

"비 오는 교정 느낌이 나서 오히려 좋은데요. 포인트가 살아난 거 같아요."

"하, 민호 씨. 그리 말해주니 고마워."

갑작스러운 사고가 훈훈하게 넘어가는 듯했다. 그러나 그림에 시선을 돌린 민호는 멈칫하고 말았다.

덧칠해 놓은 부분.

그쪽에 닿은 물방울만 물감을 녹이지 못한 것이다. 덧칠을 위해 동양화의 염료가 아니라 불투명한 기름 물감을 사용했기에 당연한 일이지만, 그 때문에 비 오는 교정에 네모반듯한 자국이 살아나 버렸다.

"어? 여기는 왜 그러지?"

임광규도 그것을 보고 이상하다는 듯 손을 댔다.

"민호 씨, 이거 새로 칠해야겠는데? 물감이 잘 안 먹었…… 어라?"

그가 손톱으로 건드리니 덧칠한 부분 한쪽이 힘없이 떨어져 나갔다. 변명거리를 생각 중이던 민호는 즉석복권을 긁어내는 것처럼 가루가 되어 단박에 벗겨지는 물감에 안색이 변했다.

툭.

덧칠 뒤에 숨겨졌던 유럽 미녀의 탐스러운 가슴이 쏘옥~

드러났다. 민호는 아그리파 석상처럼 몸이 굳어지고 말았다.

"……."

옆자리 학생에게 빌렸던 회색 물감이 민호의 머리를 스쳤다. 덧칠은 그 옛날 고상한 양반들이 춘화가 아닌 척 그림을 소장하기 위해 했던 방식을 이용한 것이었다. 그러나 방식만 같지, 재료는 천지 차이였다.

"우와, 이게 뭐야? 나 팔에 소름 돋은 거 보여?"

가슴을 보자마자 눈이 돌아가 나머지도 긁적긁적 벗겨내 버린 임광규. 쓸쓸해 보이던 민호의 교정 풍경화는 해변에서 갓 뛰쳐나온 것만 같은 비키니 모델의 등장에 그 진가를 발휘했다.

"대박! 민호 씨, 진짜 남자였구나!"

옆에서 구경하던 김동주가 쌍 엄지를 들고 환호했다. 멀찌감치 앉아 있던 미술부 학생들도 민호의 그림 앞으로 몰려들었다.

'크…….'

민호는 고개를 푹 숙이고 헛기침만 할 뿐이었다.

동암고 밴드부실 안.

드럼 앞에 앉아 있던 진규는 옆 교실에서 들리는 환호 소리에 귀를 쫑긋했다.

"아, 이 형님들 오바는."

아까 임광규와 김동주의 그림을 확인했었다. 그 정도는 미술 시간에 자신이 그린 그림은커녕 자신보다 안 좋은 평가를 받은 강민호의 그림만도 못했다.

'그 비키니녀는 아쉬웠지만.'

출렁이는 가슴, 여체의 오묘한 비율을 적당히 조절한 인상적인 몸매가 자꾸만 생각나 진규는 고개를 좌우로 돌렸다.

지금은 다른 생각하고 있을 때가 아니었다. 강민호에게 지기 싫어 드럼 좀 쳐봤다고 으스댔으나 그건 벌써 몇 년 전의 일. 기계가 알아서 좋은 비트를 주는 요즘에는 아예 쳐보지 않아 상당히 녹슬었다.

진규는 곧 연습 시간이 코앞임을 보고 한숨을 푹 내쉬었다. 감을 살리기 위해 4시부터 전력을 다해 쳐봤으나, 보통 프로듀서가 아닌 강민호의 눈에 찰 리가 없었다.

"괜히 한다고 그랬나?"

쉬는 동안 검색해 보았다. 강민호가 함께 작업한 사계절 밴드의 드러머는 국내에서 세 손가락 안에 꼽힌다는 실력가, '미친 박자' 플레쳐 킴이었다.

드럼스틱을 쥐고 있는 손아귀가 아려오는 것이 계속해야 하는 건지 후회가 들었다. 그나마 위안인 것은 열심히 드럼을 치는 자신이 꽤 멋있었는지, 꽃님들의 밴드 멤버 모두 반한 눈길이 되어 있다는 것이었다.

진규는 땀 흘리는 연습 과정을 꼼꼼하게 촬영 중인 VJ에게도 시선이 머물렀다.

미술부로 간 임광규와 김동주. 회화반으로 간 양세호와 황지훈. 세 개로 나뉜 방과 후 활동 인원 중에서 이쪽이 가장 핫하다는 건 카메라 뒤편에 메인 PD, 천상중이 함께하고 있다는 것으로 충분히 알 수 있었다.

'그래. 오늘의 마무리는 이걸로 깔끔하게 가자.'

래퍼, 스마트가이 진규의 새로운 면모를 뽐낼 절호의 기회다.

드르륵.

문이 열리고 민호가 들어왔다.

"오빠!"

한쪽에서 기타를 튕기고 있던 윤이설이 얼른 다가왔다.

"많이 기다렸지?"

"아니요. 후배들이랑 오랜만에 수다 떠느라 정신없었어요."

전부 여학생으로만 구성된 꽃님들의 밴드 멤버 넷이 민호에게 인사했다.

"세나, 진희, 혜림이, 수진이 맞지?"

점심때 이름을 기억해 두었기에 민호는 일일이 인사를 나

눈 뒤에 진규에게 다가섰다.

"진규야, 쏘리. 편곡 작업은 조용히 하는 걸 좋아해서."

"됐다. 곡은 잘 뽑았지?"

"내가 듣기에는 좋은 느낌이었어."

진규는 땀이 흥건한 드럼스틱을 슬쩍 내려놓으며 '어디 그 실력 한번 구경해 보자'는 눈길로 민호를 바라보았다. 전혀 연습 안 한 척 허리를 꼿꼿하게 펴는 것은 당연히 잊지 않았다.

"어? 진규 너 왜 이렇게 땀을 흘려?"

"내가?"

진규는 이마의 땀을 손부채를 사용해 식혔다.

"후, 10월인데 아직 덥네. 에어컨 없나? 부실에 사비로 하나 놓아주든지 해야지 원."

다행히 눈치채지 못했는지, 민호는 연습을 위해 스피커와 마이크를 세팅하는 일에 착수했다.

잠시 후. 5시가 된 것을 확인한 민호가 소리쳤다.

"연습 시작하자!"

두구둥 탁~ 둥둥 탁~

부드러운 박자가 울리는 가운데, 윤이설의 기타가 재즈의 느낌으로 리듬감을 얹었다. 부실 한가운데를 서성이며 만족스러운 듯 박자를 타던 민호는 진규의 드럼스틱에 시선이 머물렀다가 손을 들어 연주를 중지했다.

"진규야. 미안한데 박자를 조금만 더 빠르게 해줘."

"이렇게?"

진규가 혼자서 8비트 리듬을 쳐 보였다. 경청하던 민호는 고개를 흔들었다.

"내 박자가 아니야. 다시 해보자. 파이브, 식스…… 앤드!"

신호에 맞춰 단 한마디를 쳤을 뿐인데 민호의 안색이 어두워졌다.

"지금은 조금 느려."

"그게 어떤 박자인데?"

민호는 손뼉을 치며 박자를 맞춰 보였다. '짝짝짝' 하는 소리에 이어 진규가 다시 2마디를 쳤다. 듣던 민호는 그도 모르게 고개를 흔들었다.

"미안, 진규야. 그냥 넘어가자."

반지로 인해 Once에서 들은 드럼의 비트를 매우 정확하게 기억하고 있는 민호는 자신의 요구를 가볍게 들어주던 사계절 밴드의 드러머 플레쳐 킴이 대단한 사람이었다는 것을 새삼 깨달았다.

"야, 민호. 괜히 트집 잡는 거야?"

"아니야. 진규 네 빠르기가 16이라면 17정도여야 하는데.

이거 맞추는 연습보다 전체적인 연습부터 하자. 내가 너무 예민한 거야."

"정확히 하고 가."

비트감이라면 자신 있던 진규는 화려한 연주스킬도 아니고, 단지 빠르기가 미묘하게 다르다는 이유로 지적을 받자 그냥 넘어갈 수가 없었다. 이것은 래퍼로서의 자존심이기도 했다.

둥둥 탁.

진규가 멋대로 드럼 연주를 시작했다. 그 날카로운 분위기에 꽃님들 멤버들과 윤이설은 눈치만 살폈다.

민호는 6시까지 이제 30분 남은 연습시간을 보며 짧게 한숨을 쉬었다.

'모르겠다. 기왕 확실히 할 거면 본격적으로 해야지.'

민호가 진규의 드럼 옆에 바짝 섰다.

"빨라, 진규야! 하나둘셋넷! 하나둘셋넷!"

마디마디마다 손뼉으로 박자를 지도하는 민호. 진규는 그것에 맞춰 필사적으로 드럼을 연주했다. 그럴수록 입으로 박자를 외치는 민호의 목소리도 커졌다.

두구둥 탁! 둥둥 탁!

진규의 이마에 맺혀 있던 땀이 스네어 위로 똑 떨어졌다. 표면의 진동에 통통거리며 춤을 추다 튕겨 나가는 땀방울은

두 사람을 집중해서 촬영 중인 VJ의 카메라에 고스란히 담겼다.

“그만.”

민호의 말에 드럼의 비트에 푹 빠져 있던 진규의 동작이 멈췄다. 숨이 차는 지 헉헉거리고 있는 진규가 물었다.

“어땠어?”

“딱 좋아. 이 박자로 연습하면 되겠어.”

“진짜?”

“뭐야 너? 하니까 되잖아.”

“훗.”

진규는 민호의 칭찬에 미소가 귀에 걸렸다. 드럼스틱을 쥔 손아귀가 벌겋게 달아오른 것을 확인했음에도 그렇게 아프게 느껴지지 않았다.

“비트하면 래퍼 진규거든. 안 그러냐 세나야? 잘 보고 있다가 다음 공연 때는 꼭 네가 쳐.”

어깨를 으쓱하며 드럼스틱을 돌리는 진규에 아직 미숙해 연습을 구경만 하고 있던 밴드멤버 최세나가 피식 웃었다.

뒤에서 연습 과정을 지켜보고 있던 천상중 PD에게 작가 하나가 말했다.

“젊은 사람만 있어서 그런지 이 조에는 다른 조에 없는 열정 같은 게 느껴지네요. 진규 씨 수업에 참여하는 태도도 그렇고, 민호 씨 수업마다 보여준 능력도 그렇고."

"그러게. 강민호는 벌써 3개째 같이 해보는 건데, 나올 때마다 다른 연예인과는 달라 보여."

"맞아요. 오늘 낸 아이디어 무척 좋았죠? 천 PD님 다음 예능에도 필수로 섭외하셔야겠어요."

"그러지 않아도 임 사장과 접촉 중이야."

천 PD는 계속되는 연습을 모니터하며 흡족한 미소를 지었다.

저녁 식사 후에는 야간 자기 주도 학습을 하는 학생들을 위한 야식 배달 이벤트가 벌어졌다.

"맛있게 먹어. 나랑 민호, 이설이가 쏘는 거다! 내가 좀 더 써서 햄버거에 고기 한 장 더 올렸다."

진규의 말에 3반 학생들의 박수와 환호가 이어졌다.

서로 웃고 자유롭게 떠드는 한때가 끝난 후, 3반의 학생들은 자신만의 공부를 시작했다.

금세 조용해진 교실 안에서 민호는 어두컴컴한 창밖으로 고개를 돌렸다. 반대편 교실의 불빛 아래에도 책상을 향해 시선을 고정한 채 공부에 열중해 있는 학생들의 모습이 보였다.

'다들 열심이네.'

다시 3반 교실로 고개를 돌린 민호는 온종일 교실에 있었으면서도 의식하지 못했던 소리에 그도 모르게 귀를 기울였다.

사각사각 노트에 무언가를 적는 소리. 문제집을 가채점 하다 틀려서 탄식하는 소리. 사라락 종이를 넘기다, 꾸벅꾸벅 졸아 필통에 이마를 부딪치려는 옆 친구의 어깨를 토닥여 주는 소리까지.

고요하면서도 아늑하게 느껴지는 모든 분위기가 좋았다. 야자는 전혀 해본 적 없었기에 민호는 그리움보다는 동경하는 마음이 일었다.

게이머의 꿈을 이루기 위해 노력했던 자신만 특별한 것이 아니었다. 이곳에 앉아 있는 모든 학생도 자신만큼이나 특별한 꿈을 안고 노력 중이었다.

'다들 건투를 빌어.'

진규가 멍하니 앉아 있는 민호의 어깨를 툭 치고 작게 속삭였다.

"공부 안 하냐? 내일 모의고사다."

저녁 시간에 제작진이 폭탄 발표를 했으나 민호는 크게 당황하지 않았다. 오히려 윤이설만 화들짝 놀라 지금 모의고사 기출문제를 열심히 푸는 중이었다.

"어차피 낮은 점수 받을 건데, 맘 편히 있으려고."

"너 그렇게 말해 놓고 만점 받고 그러는 거 아니지?"

다 안다는 듯한 진규의 눈빛에 민호는 싱긋 웃었다.

"걱정 마. 반은 무조건 틀릴 거니까."

이 단언에 진규는 오히려 눈을 동그랗게 떴다. 보통 모의고사 성적을 예상할 때는 '표준점수가 얼마나 나올지 모르겠어', '이번에는 잘 나와야 하는데' 하는 식의 말을 한다. 모의고사의 문제라는 것이 전형적이기는 해도 매번 변수가 있으니까.

그 때문에 아무리 공부를 잘해도 만점을 받는 것이 쉬운 일이 아니었다. 그런데 반을 무조건 틀리겠다니. 진규는 연막작전이 분명할 것으로 생각하고 방심하지 않고 기출문제 풀이에 임했다.

'이설이가 보통 60%는 맞췄다고 했었지?'

모의고사 문제는 객관식. 민호는 오랜만에 동전을 활용할 생각이었다. 무조건 윤이설보다는 낮게 받아서 그녀가 창피할 일이 없게 만드는 것이 목표였다. 이 예능에서 그녀에게 마이너스가 될 만한 일은 없어야 하니까.

고2 모의고사를, 그것도 이 프로그램을 위해서 특별히 동암고만 시행하는 시험에서 만점 받아봤자 큰 이득은 없었다.

민호는 다른 학생들과 마찬가지로 열공 중인 윤이설을 보며 속으로 '파이팅'을 외쳤다.

시간표 안의 모든 순서가 끝나고, 민호는 동암고의 기숙사 침대에 널브러졌다.

"학업이라는 게 만만하지 않네."

민호의 중얼거림에 먼저 와서 뻗어 있던 임광규가 고개를 끄덕였다.

"동감. 모의고사는 또 뭐래. 나는 시험이 싫어!"

민호는 교복을 벗어 두고, 츄리닝으로 갈아입었다. 씻기 위해 화장실로 향하는 민호에게 임광규가 말했다.

"민호 씨, 그거 나한테 팔아."

"네? 그거라니요?"

"왜, 그거~ 있잖아."

임광규는 기숙사 천장에 달린 카메라를 피해 입을 가리고 말했다.

"비키니. 몸매 짱."

"아, 그거요."

미술부에서의 일은 즐거운 해프닝으로 마무리되었다. 민호는 그 즉시 그림을 치워두고 천 PD에게 편집을 부탁했다.

"어우, 그녀. 완전 내 스타일야. 그 뭐더라? 취향 저격."

"공 매니저님이 가져가셨는데, 나중에 드릴게요."

"얼마에 팔 건데?"

"됐어요."

"아니지, 그런 수준의 그림은 팔아야 해. 좋아. 내가 잘 아는 분 있으니까 감정 제대로 받아서 쳐줄게."

세수와 양치를 간단히 마친 민호는 침대에 앉아 취화정을 한 방울 삼켰다.

"저 먼저 잘게요."

이제야 씻으러 가려던 임광규가 손을 흔들었다.

달칵.

밴드부실에서 1시간 동안 드럼을 연습하다 들어온 진규는 누워 있는 민호를 발견하고 다가왔다.

"어이, 민호. 곡 중간에 간주 부분 있잖아. 거기서 세나한테 잠깐 맞기고 내가 랩을 하면 괜찮을 거…… 응?"

민호는 고른 숨소리와 함께 미동도 하지 않았다.

"자냐?"

어깨를 흔들었으나 꿈틀했을 뿐, 깨어날 기미를 보이지 않았다.

"으휴."

민호의 얼굴에 시선이 머물렀던 진규는 갑자기 번뜩인 생각에 회심의 미소를 지었다. 학창시절 자주 하던 얼굴 낙서. 이렇게 세상모르고 자는 친구일수록 그리기도 편했다.

"강민호. 내일 아침에 보라지."

크큭웃으며 가방에서 낙서할 펜을 꺼낸 진규가 민호 앞에

셨을 때였다.

"흠냐, 진큐야 슛! 좋아."

꿈나라에서 체육 시간을 겪는 모양인지 민호가 잠꼬대를 시작했다. 움찔 놀란 진큐는 민호의 눈앞에 손을 흔들어 보이고 물었다.

"진짜 자냐?"

무슨 잠을 이렇게 빠르고 깊게 드는 건지. 진큐는 어이없는 웃음을 짓고는 사인펜의 뚜껑을 열었다. 그리고 안경을 그리기 위해 민호의 눈으로 가져갔다.

"음……."

그러나 막상 무방비 상태의 민호를 보자 펜이 쉽게 움직이지가 않았다.

"눈에는 눈, 이에는 이야."

진큐는 그동안 당한 게 얼만데 여기서 주저하느냐고 함무라비 법전의 예를 들어 자신을 질책했다.

"눈에는 눈을 고수한다면 세상에는 장님밖에 안 남아."

마하트마 간디의 말이 진큐의 손을 붙잡았다. 군자의 복수는 십 년이 걸려도 늦지 않는다느니, 개에게 물린 상처는 개를 죽인다고 아물지 않는다느니 하는 말들이 연이어 떠올랐다.

"에이, 안 해!"

한숨을 삼킨 진규가 사인펜을 내렸다. 복수는 차갑게 식혀서 먹을 때가 가장 맛있는 프랑스의 속담이 떠오른 까닭이었다.

내일 모의고사로 본때만 보여주면 된다.

“좋은 말을 너무 많이 아는 것도 문제야. 에라, 이 똑똑한 녀석아.”

명언영재 진규는 마음이 약해진 이유를 이렇게 탓하며 물러났다.

다음 날.

아침부터 진행된 2학년 모의고사는 오후 4시가 되어서야 끝났다. ‘더 스쿨 라이프’ 제작진의 빠른 채점 결과는 30분 뒤에 2학년 복도 게시판에 붙었다.

학생들이 죄다 몰린 까닭에 민호는 멀찌감치에서 기다리며 진규에게 물었다.

“잘 봤어?”

진규는 한숨을 푹 내쉬었다.

“사탐에서 헷갈리는 문제 하나가 있었는데, 그걸 틀렸을 거야.”

"다른 건?"

"그거 하나."

"뭐야, 딱 한 문제 틀렸다고? 진규 너 공부 하나는 무지하게 잘했구나."

"그러는 너는?"

"점수가 중간 정도야."

진규는 웃기지 말라는 표정과 함께 게시판을 기웃거렸다. 그러나 민호는 윤이설에게도, 작가와의 인터뷰에서도 중간이라고 당당히 밝혔다.

'그렇다면!'

모의고사에서 단독으로 주목받을 기회. 진규는 가슴이 두근두근 온통 설레는 것을 느끼며 게시판에 성큼 다가갔다. 곧바로 최상위 점수자 명단에 시선을 집중했다.

"으잉?"

비록 하나 틀리긴 했지만 당연히 1등이겠거니 생각한 그의 이름 위에 한 사람의 이름이 있었다.

천만다행으로 강민호는 아니었다. 윤익현이라는 생소한 이름이었다. 강민호는 정말 중간, 그것도 450점 만점에 225점이라는 기이한 점수를 받았다.

'그래도 강민호는 이겼으니까.'

그 와중에 학생들의 대화 소리가 들려왔다.

"익현이 장난 아니네. 이번에 과학경시대회 나간다더니."

"걔는 피가 달라."

"나중에 카이스트 가려나?"

"의사 한다던데?"

진규는 틀린 한 문제가 분하고 분했지만 애써 표정을 관리했다. 자신에게 한 방 먹인 윤익현이란 녀석에게 속으로만 '축하한다'고 의연하게 대처했다. 그리고 놀라서 달려올 작가와의 인터뷰를 기다렸다.

출연진 중에 자신 바로 아래는 398점을 받은 김동주뿐이었다. 표준점수 등급으로만 따져도 천지 차이.

"후후."

미소 짓던 진규는 한참 있어도 VJ 달랑 하나만 자신을 촬영 중인 것을 보고 눈을 치켜떴다.

"아니 왜? 다 어디 간 거야?"

고개를 두리번거리던 진규의 시선은 윤이설과 한 학생에게 향했다. 카메라가 죄다 그리 몰려 있기에 얼른 다가가 보았다.

한창 인터뷰 중이었다.

"만점자가 윤이설 씨 동생이었다니 놀랍네요. 누나는 음악천재에 동생은 우등생. 집안이 대단해요."

"에이, 저는 아무것도 아니에요. 익현이는 저랑 다르게 똑똑하거든요."

윤이설이 동생을 부드럽게 쳐다보았다. 윤익현은 "왜 그래, 누나. 그냥 집에서처럼……." 하고 무언가를 더 말하려다 그녀가 입을 틀어막아 캑캑거렸다.

남매의 인터뷰는 시종일관 유쾌했다. 진규는 이 기막힌 상황에 할 말을 잃었다.

"캬, 동생 잘 두고 봐야 해."

윤이설의 인터뷰를 흐뭇하게 지켜보고 있는 민호의 음성에 진규의 고개가 돌아갔다. 저 강민호가 조용하니 이제는 윤이설이 난리다.

'끄아아아아아아악!'

소리 없는 진규의 절규는 한참 동안 이어졌다.

진규는 어젯밤 민호의 얼굴에 낙서하지 못한 것이 못내 아쉬움으로 남았다. 하나, 이제 와 후회해서 무슨 소용인가. 복수는 차갑게 식혀서 먹어야 가장…….

"강민호."

"응?"

진규는 분을 억누르며 민호에게 말했다.

"너 여기 한 번 더 나와라."

"뭐, 학교 경험하는 거 나쁘지 않았으니. 언젠가는 나올게."

"꼭이다."

새끼손가락까지 걸며 약속을 강요하는 진규에게 민호는 웃으며 고개를 끄덕였다.

"강민호 씨. 천 PD님이 찾으세요."

"지금요?"

저녁 식사 후에 있을 특별 공연 리허설을 준비하기 위해 밴드부실에 있던 민호는 이 말에 재빨리 밖으로 나왔다.

주차장에 있는 영상 장비 트럭에 올라서자 동영상 하나를 편집 중이던 천 PD가 고개를 돌렸다.

"민호 씨도 오프닝 무대 참여하시나요?"

"아니요."

"잘됐네요. 어제 민호 씨가 말한 아이디어, 거의 다 들어줄 수 있게 됐어요."

가편집된 동영상을 본 민호는 감탄했다.

"제가 말한 분 말고도 여러 명이 있네요."

"조연출이 인터뷰 따느라 고생했죠."

천 PD의 뒤편에 앉아 있는 스태프가 V 자를 그려 보였다. 천 PD가 민호를 보며 말을 이었다.

"이 영상 나가면서 나레이션 해줄 사람이 필요한데, 민호 씨가 적당해 보여요."

"제가요? 말은 김동주 아나운서님이 더 잘하시잖아요."

"전문적인 톤 말고, 진심이 담겨 있는 톤이 필요하거든요. 어제 민호 씨가 이 아이디어 제안했을 때처럼요."

"그건……."

분필꽃이에 담겨 있는 여운이 있었기에 가능한 설득이었다. 민호는 당장 그 톤을 낼 수 없을 것 같아 말했다.

"대본 같은 거 있죠?"

민호의 물음에 작가가 얼른 프린트한 대본을 가져왔다.

"민호 씨가 어제 해준 말도 그대로 넣어 놨어요."

"이따가 영상 나갈 때 마이크로 직접 할게요."

"생으로요?"

안 떨리겠느냐는 천 PD의 눈빛에 민호는 담담히 고개를 끄덕였다. 분필꽃이를 손에 쥐면, 교단에서 오랫동안 수업을 해온 홍도섭의 연륜이 함께하기에 말하는 것이 떨리지는 않을 것이다.

"좋아요, 민호 씨 편한 대로 하세요."

'더 스쿨 라이프' 특별 공연은 운동장 단상을 개조해 만든 특설무대 위에서 진행됐다. 운동장을 가득 메운 의자에 저녁을 먹은 학생들과 교직원들이 삼삼오오 자리 잡기 시작했다.

“오늘 누구누구 오는 거야?”

“몰라, 투표로는 에이크릿이랑 펑키라인이 높았어.”

“나는 디엑스 오빠들 왔으면 좋겠는데.”

학생들이 저마다 예상을 내놓으며 웅성거리던 그때. 기타를 멘 윤이설이 무대 위에 올라섰다. 뒤로 꽃님들 멤버들과 진규도 무대에 자리했다.

“윤이설이다.”

“밴드부 공연 같이할 건가 봐.”

윤이설이 마이크 앞에 서자 웅성거림이 멎었다.

“저는 윤이설이고 이 작년까지 이 학교에 다녔어요.”

“알아요! 누나!”

“예뻐요!”

중간 자리에 앉은 2학년 3반 학생 두 명의 장난스러운 대답에 운동장에 웃음바다가 됐다.

“이쪽은 밴드부 꽃님들. 그리고 일일학생 래퍼 진규 씨가 특별 드럼반주로 함께해 주셨어요.”

오프닝 무대를 위한 소개가 끝나자 박수가 이어졌다. 윤이설은 무대 아래를 한차례 훑다가 잘하라고 고개를 끄덕이는 민호와 눈이 마주쳤다.

“저희가 부를 노래는 일일학생인 강민호 프로듀서님이 작업해 주셨습니다.”

'그런 말 하지 말라고 했잖아'라는 눈빛이 된 민호에게 윤이설은 활짝 웃어 보였다.

"노래 시작할게요."

그르릉.

부드럽게 튕기는 기타 소리와 함께 윤이설의 고운 목소리가 운동장을 울리기 시작했다.

"스승의 은-혜-는 하늘 같아서~"

아무 편곡 없이 기타의 잔잔한 반주만으로 진행되는 1절. '스승의 은혜'라는 뻔하디뻔한 곡임에도 그녀의 목소리에 담긴 진심 때문인지 누구 하나 지루해하는 사람 없었다.

가창력, 성량을 따질 필요 없이 차분하게 감상하게 되는 목소리. 무대 옆에서 감상하고 있던 민호는 이것을 '편안하니 좋은 일이 생길 것 같은 목소리'라고 분류했다.

"아아~ 보답하리~ 스-승의 은-혜."

1절이 끝나자마자 진규의 드럼이 분위기 있는 비트와 함께 치고 들어왔다. 업템포의 부담 없는 곡으로 편곡된 노래의 2절이 시작되자 운동장에 있는 학생 모두 손뼉을 치며 따라 부르기 시작했다.

두구두구두구. 촹촹!

드럼으로 신나게 박자를 넣은 진규가 갑자기 보조하고 있던 세나에게 스틱을 넘기더니 윤이설 옆으로 뛰쳐나왔다.

"요, 난 진규. 동암고~교 일~일학생."

곡의 분위기를 해치지 않는, 학생 입장에서 말하는 듯한 랩이 이어지자 학생들이 환호했다.

"꾸벅꾸벅 졸아~ 필통에 이마를 부딪치려는 옆 친구. 문제집 채점하다 탄식해. 오늘 모의고사 죽 쑤겠네~ 참고로, 난 448점. 훗."

민호가 아이디어를 덧붙여 준 가사가 나왔을 때는 폭소하는 학생들도 생겨났다.

간주 부분에서 랩을 훌륭히 마친 진규가 다시 드럼으로 뛰어갔다. 자리를 비운 사이 훌륭히 드럼을 소화해 준 세나에게 진규가 윙크했다.

"바다보다 더-깊-은 스승의 사랑~"

3절을 부르는 윤이설의 목소리가 더욱 맑아졌다. 감수성이 예민한 몇몇 여자 선생님은 눈시울을 붉히다가 카메라에 그것이 잡히자 얼른 고개를 숙였다. 3절의 후렴구는 누구 한 사람 빠짐없이 모두가 합창하는 노래가 됐다.

"감사합니다. 꽃님들과 윤이설, 진규였습니다."

노래가 끝나자 우레와 같은 박수가 이어졌다.

민호는 내려오는 그들을 보며 '후' 하고 안도의 한숨을 내쉬었다. 윤이설의 매력을 충분히 보여준 무대. 이것으로 함께 예능을 나온 목적은 달성했다.

"민호 씨, 준비해요."

조연출의 신호에 민호는 마이크를 들고 무대 위에 올랐다. 이틀간의 담임이었던 홍도섭에게 빌려 온 분필꽂이를 왼손에 꼭 쥔 채로.

암전이 된 무대 위 스크린에 영상 하나가 갑자기 켜졌다.

–안녕하세요. 38기 졸업생, 한송철입니다.

–41기 졸업생입니다. 와, 벌써 10년이나 됐네요. 국사 선생님, 안녕하시죠?

졸업생들의 인터뷰가 짧게 짧게 편집되어 흘러나오자 앞줄에 앉아 있던 선생님들 모두 놀란 표정이 됐다.

이윽고 화면이 전환되어 잔잔한 음악이 깔림과 동시에 열심히 수업을 가르치고 있는 한 선생님의 모습이 흘러나왔다.

민호는 마이크에 입을 댔다.

"선생님들은 말씀하십니다. 당신이 수업하는 원동력은 무언가를 배우겠다는 열망에 휩싸인 눈을 하는 학생을 마주할 때 나온다고. 그래서 한번 촬영해 봤습니다."

필기한 칠판에 밑줄을 그으며 열변을 토하는 중인 홍도섭의 얼굴이 클로즈업됐다.

"학생들을 보며 똑같이 눈을 반짝이고 계신 선생님을 말입니다."

잠시 호흡을 가다듬은 민호는 학생들을 보며 말을 이었다.

"여러분이 열심히 공부하는 이유는 무엇입니까? 선생님께서 여러분을 보고 저런 눈빛이 되는 건, 여러분에게서 특별한 무언가를 발견하셨기 때문입니다. 저 눈은 말합니다. 잘했다. 잘했어. 미래를 위해 열심히 노력하는 너희 모두 잘했어. 칭찬해 주고 싶구나."

민호의 말이 끝나고 다시 인터뷰 영상으로 전환됐다.

조용히 화면을 지켜보고 있던 홍도섭은 인터뷰에 나온 얼굴을 보고 놀란 표정이 됐다.

–장선우입니다. 홍도섭 선생님 제자였죠. 선생님 아직 팔팔하시다면서요? 하하.

나이가 들어 수염이 거뭇한 장선우는 홍도섭이 가진 추억 속에 자리한 장난꾸러기 꼴찌 학생임과 동시에 다 자란 어른이었다.

–수영 코치를 하고 있어요. 선수 육성 방침이요? 요즘 들어 생각하는 건데 홍도섭 선생님의 영향이 있지 않나 싶어요. 운동부면 수업에 거의 나오지도 않는 거 아시죠? 그런데도 학생의 본분은 지키라면서 꼴찌 할 때마다 명식이한테 빠따를 그냥! 저는 괜히 명식이보다 공부 못한다고 빠따를 또! 그때 아예 공부에서 손을 놨으면 이렇게 코치 일을 못 했겠죠. 하하.

이 인터뷰에 울고 있던 학생들이 빵 터져 웃음을 터뜨렸다.

–다닐 때는 잘 못 느꼈는데 선생님이 해주신 말씀과 행동들. 아직 기억납니다. 여기, 이 가슴에 계속 남아 있더군요. 홍도섭 선생님! 아직 제 제자가 성적을 못 내서 정신이 없습니다. 이번 선수권에서 꼭 메달 따가지고 찾아뵙겠습니다.

영상이 끝났다.

"힘들게 공부하고, 공부를 시키고 있을 대한민국 모든 학생과 선생님들께 조금이나마 위안이 됐으면 좋겠습니다."

민호는 무대 아래를 향해 90도로 허리를 숙여 인사했다.

Relic : 춘화 전문가의 붓.

Effect : 물감을 묻히면 여체의 신비를 탐구하는 대가의 붓 터치가 발휘된다.

Object : 진학상담교사의 분필꽃이.

Effect : 손에 쥐면 꿈 많은 학생들의 과거와 미래가 한눈에 보인다.

to be continued